Coordinador del proyecto: Fernando Marías
Diseño de cubierta: Mauro Bianco

Juan Ignacio Luca de Tena, 15. 28027 Madrid
www.anayainfantilyjuvenil.com
e-mail: anayainfantilyjuvenil@anaya.es

1.ª edición, febrero 2019
2.ª edición, marzo 2020

ISBN: 978-84-698-3527-2
Depósito legal: M-40257-2018
Impreso en España - Printed in Spain

PAPEL DE FIBRA CERTIFICADO

como TÚ

20 RELATOS +
20 ILUSTRACIONES
POR LA IGUALDAD

ANAYA

Índice

Prólogo

Fernando Marías

Algunos libros se definen con nitidez desde el título. Este es uno de ellos. Revisémoslo un instante: *Como tú. 20 relatos + 20 ilustraciones por la igualdad.*

El contenido parece claro, sobre todo si consideramos que el sello editorial es Anaya: se trata de una colección de relatos e ilustraciones comprometidos con la igualdad y dirigidos a los lectores jóvenes. Se diría que no hace falta añadir más y que, por tanto, el prólogo podría acabar aquí mismo, lo que equivaldría a decir que sobra. En literatura, como en casi todo, lo que no añade sobra.

Sin embargo, sí queremos mostrar el hilo de pensamiento que ha desembocado en la creación del libro.

La educación es la base de todas las cosas buenas y todas las cosas malas. Parece obvio, pero demasiadas veces se olvida. Una buena educación generará ecos positivos, de la misma manera que una educación descuidada, inadecuada o mala acabará antes o después por resultar nefasta. Lo demuestra la Historia y lo corrobora la vida cotidiana de nuestros días.

La igualdad entre hombres y mujeres no existe en nuestra sociedad actual. Esa carencia inaceptable, de cuya realidad estamos convencidos, reclama soluciones apremiantes que deben abordarse desde los primeros pasos de la educación de las personas jóvenes. La igualdad se conseguirá en las aulas o no se conseguirá.

Como tú quiere aportar su resuelto grano de arena a este propósito.

Fueron convocados Ana Alcolea, Ana Campoy, Maite Carranza, Ledicia Costas, Espido Freire, Santiago García-Clairac, Antonio García Teijeiro, Ricardo Gómez, Alfredo Gómez Cerdá, Jorge Gómez Soto, Rosa Huertas, Raquel Lanseros, Nando López, Antonio Lozano, David Lozano, Fernando Marías, Gonzalo Moure, Mónica Rodríguez, Care Santos y María Zaragoza con el fin de escribir un relato breve sobre igualdad. Hay relatos de todos los géneros y miradas, la mayoría enfocados desde la narración clásica, aunque también pueden encontrarse dos poemas, un guion de cine, un texto teatral y un hilo de Twitter.

Luego, Juan Miguel Aguilera, Raquel Aparicio, Carla Berrocal, Xosé Cobas, Agustín Comotto, Nuria Díaz, Alberto Gamón, Gabriel Hernández Walta, Anu Jato, Raquel Lagartos, Esperanza León, Sara Morante, Javier Olivares, Ana Oncina, Mireia Pérez, Dídac Pla, Alba Marina Rivera, Pedro Rodríguez, Santiago Sequeiros y Fernando Vicente ilustraron los relatos en una fusión de creación y compromiso entre palabra e imagen que dio como resultado un libro potente y hermoso, a veces terrible y a veces irónico, siempre lúcido, del que nos sentimos orgullosos.

Esto es *Como tú.*

Quienes hemos hecho este libro lo amamos.

Por eso deseamos que un día lo más cercano posible resulte innecesario.

Leer el cielo

Un relato de Ricardo Gómez
ilustrado por Alba Marina Rivera

Ricardo Gómez (1954). Autor de obras de literatura adulta *(Los poemas de la arena, La conspiración de los espejos...)* e infantil y juvenil *(El cazador de estrellas, Ojo de nube, Mujer mirando al mar, Cuentos crudos, Caballos en la nieve...)*. Ha obtenido el premio Felipe Trigo de Novela, el Gran Angular, el Barco de Vapor, el Alandar y el Cervantes Chico.

www.ricardogomez.com

Alba Marina Rivera (San Petersburgo, 1974). Le gusta sobre todo hacer álbumes ilustrados para niños. Su obra ha sido expuesta en diversas ocasiones, entre ellas en la Bienal Internacional de Bratislava, y ha sido galardonada con varios premios, de los cuales el más importante es el Bolognaragazzi Award 2009 en la categoría New Horizons por *El contador de cuentos*, escrito por Saki.

albamarinarivera.com

Leer el cielo

Mwana llevaba tiempo avisando de que el próximo sería su último viaje, pero nadie le hacía caso. Todos en el poblado confiaban en que un año más subiera al Gran Baobab y bajara de nuevo, y él llevaba meses advirtiéndolo:

—Ya no me veréis bajar. No estaréis preparados para lo que viene.

Nadie le creyó. Mwana siempre había subido y siempre había bajado. Así lo recordaban los niños que ya eran adultos y las niñas que el tiempo había convertido en mujeres. Solo los ancianos del lugar, tan viejos como Mwana, recordaban que antes de él había otro Lector del Cielo, y todos confiaban en que fuera eterno.

Pero Mwana ya lucía cejas grises, sabía que su fin estaba próximo y el día de su ascensión tuvo la certeza de que no volvería a pisar el suelo. Por eso, a diferencia de otras veces, unos pocos curiosos le vieron hacer una extraña ceremonia: recogió en sus manos un montoncito de tierra roja y lo esparció por su rostro y su cabello; a continuación, guardó otro puñado en su zurrón. Luego, en silencio, comenzó a subir. Mientras engarfiaba sus dedos en la corteza del gran árbol, sintió tristeza al escuchar las inconscientes palabras de un niño:

—¡Ánimo, viejo! ¡Sube y bájanos buenas noticias!

Llevaba años advirtiéndoles y nadie le hacía caso. Ser Lector del Cielo resultaba duro y peligroso. Subir al Gran Baobab requería medio día; exigía la fuerza de unos brazos y unas piernas jóvenes, y él ya era mayor. Y cuando se alcanzaba la copa la tarea no había hecho más que empezar. Debía permanecer allí dos, tres o cinco semanas hasta que el cielo se revelase ignorando el vértigo, durmiendo al raso, desafiando al viento o robando insectos a las serpientes o a los murciélagos, y él ya era viejo. Llevaba años intentando que algún joven aprendiese su oficio, y no lo conseguía. Unos bajaban del tronco a medio camino, aduciendo que el esfuerzo era excesivo. Otros lograban ascender y descendían al poco, diciendo que la tarea era aburrida o la comida repugnante. Los más resistentes soportaban unos días y se rendían diciendo que allí no veían nada.

Mwana sabía que leer el cielo era indispensable para el poblado. Del Gran Baobab dependía su supervivencia. Las lluvias empapaban la tierra, alimentaban sus raíces y su gran tronco era el pozo viviente en muchas leguas a la redonda. Leer el cielo significaba anticipar cuánto llovería en la estación húmeda y dónde. Más de una vez, Mwana había salvado a los suyos de una muerte cierta, aconsejando emigrar con tiempo a las Tierras Altas o vender con antelación los cebúes que morirían de sed los meses de sequía. Así lo habían hecho los Lectores del Cielo durante generaciones. Sin un Lector del Cielo su pueblo estaba expuesto al peligro, y Mwana ya no bajaría para comunicar sus pronósticos. Todos confiaban en que un año más descendiera del Gran Baobab y nadie subiría para conocerlos.

Pero Mwana se equivocaba. Al atardecer del quinto día oyó que alguien arañaba la corteza del árbol bajo sus pies, jadeando por el esfuerzo. Le asombró ver la cabellera de una joven, su rostro perlado por el sudor y sus uñas ensangrentadas, y preguntó:

—¿Qué haces aquí?

—Quiero aprender a leer el cielo.

—¿Una mujer…? Bah… Baja por donde has venido, si es que puedes hacerlo.

Pero Laimé, que así se llamaba la muchacha, no bajó. Ni ese día ni al siguiente ni al otro, a pesar de que Mwana la ignoró y no respondió a sus preguntas acerca de lo que veía realmente un Lector del Cielo cuando miraba el horizonte al amanecer o al atardecer. Con paciencia, ignorando el vértigo, desafiando al viento, al frío y al sol, Laimé trepaba por las ramas siguiendo los pasos de Mwana, dormía al raso y disputaba insectos a los murciélagos y a las serpientes. Y así transcurrieron dos semanas. Ella paciente, observando durante horas por encima de su hombro. Él despreciativo, ignorándola.

—¿Por qué no me enseñas a leer el cielo? —preguntaba en ocasiones Laimé.

—¡Ninguna mujer ha leído jamás el cielo! —repetía él.

Laimé aprendió a distinguir por sí misma los celajes naranjas que avisaban del amanecer, los hilos grises que atravesaban el disco lunar y los grumos blancos que a veces velaban las estrellas. Aprendió a diferenciar la dirección de los vientos que hacían vibrar las ramas a distintas horas de la noche, y a anticipar cuándo los insectos abandonarían sus nidos según la temperatura del aire. Y mientras pasaban los días se dio cuenta de que iba poco a poco conociendo los signos, pero que le faltaban las reglas de aquel lenguaje, e insistía a Mwana:

—¿Por qué no me enseñas a leer el cielo?

Pero Mwana callaba. Solo al final de la tercera semana, poco antes de la puesta de sol, el hombre se volvió hacia la muchacha mientras su dedo señalaba un punto apenas visible en el horizonte. Laimé se esperanzó porque creía haber vencido su resistencia, y le escuchó decir:

—Es Bakiara, el águila... Viene a por mí.

—¿Te irás...? ¿Te vas a ir antes de enseñarme a leer...? —preguntó frustrada.

—No, no te enseñaré —respondió él—. Estás aprendiendo tú. Dentro de dos semanas, si consigues resistir, comenzarás a entender las señales.

En lo alto, el águila planeaba rozando la corona del baobab. Laimé observó cómo el hombre trepaba por las cada vez más delgadas ramas, y cómo se detuvo al oír un débil crujido. Entonces, Mwana tomó de su zurrón el puñado de polvo rojo y lo esparció sobre su cabeza, al tiempo que Bakiara se acercaba hasta donde él estaba.

Lo que sucedió después no pudo verlo Laimé, porque parte del polvillo cayó sobre su rostro y tuvo que cerrar los ojos. Cuando consiguió abrirlos y miró hacia arriba, Mwana y el águila habían desaparecido.

Laimé se sintió sola, pero no cejó en su empeño. Desafiando al vértigo, al viento y al frío, siguió dos semanas más en la copa del baobab, aprendiendo a leer el cielo de día y de noche. Cuando decidió bajar, se supo sabia. También fue consciente, al pisar el suelo, de que lo más difícil no había sido permanecer en el árbol ni aprender a interpretar los signos. Ahora tenía que convencer al poblado de que podía ser Lectora del Cielo. La primera Lectora del Cielo.

Origen

Un poema de Raquel Lanseros
ilustrado por Raquel Lagartos

© Laure Recio

Raquel Lanseros (Jerez de la Frontera, 1973). Su último libro de poesía es *Matria.* Su obra poética previa está reunida íntegramente en *Esta momentánea eternidad. Poesía (2005-2016).* Ha sido publicada en Francia, Estados Unidos, Colombia, Argentina, Italia, México, Portugal y Puerto Rico. Autora, junto a Ana Merino, de *Poesía soy yo. Poetas en español del siglo XX,* que recopila la obra de mujeres poetas de América Latina y España nacidas antes de 1960.

www.rlanseros.com
Raquel Lanseros
raquellanseros
RaquelLanseros

Raquel Lagartos (Oviedo, 1982). Autora de cómic e ilustradora ovetense. Ha publicado, con Julio César Iglesias, dos novelas gráficas: *Mary Shelley: La muerte del monstruo* y *La hierba del estío* (finalista Mejor dibujante nacional en los Premios de la Crítica de Cómic 2018). Este año ha participado en la residencia artística en Angouleme, parte del proyecto europeo Wom@rts.

© Julio César Iglesias

rlagartos.portfoliobox.me
raquel.lagartos
raquel.lagartos
Raquel_Lagartos

Origen

Cuesta mucho construir una mujer, un hombre.
Uno ve cientos de ellas por las calles.
Uno ve cientos de ellos y se ve tentado a no dar
importancia.
¡Hay tantos! Quién diría
que cada uno de ellos necesitó alimento
noches en vela cuando se enfermaba
descanso suficiente, ropa para cubrirse
que cada una de ellas supuso una promesa
que tras los pasos simples
mil veces repetidos
hay montañas de cuentos
fiestas de fin de curso
aquel primer amor.
Veo un mendigo y pienso en la alegría inconcebible
de su madre
el día que dijo su primera palabra.
Miro la anciana muda dar vueltas en el parque
e imagino a su padre yendo a buscarla a clase.

Hay millones de hombres
millones de mujeres
todos sienten, todos han sentido
todos sueñan
soñaron
morirán soñando
todos han contemplado con estupor el cielo
todos necesitaron
calor, brazos, canciones
todos tuvieron alguien que los quiso
son igual de tenaces
son igual de frágiles
iguales en la risa
iguales en el llanto
iguales en lo mucho que costó construirlos.

Invisible

Un relato de Rosa Huertas
ilustrado por Fernando Vicente

Rosa Huertas (Madrid, 1960), profesora de secundaria y autora de numerosas obras infantiles y juveniles. Ha recibido varios premios importantes por sus novelas, entre ellos el Premio Anaya 2017 por *La sonrisa de los peces de piedra*. En 2019 ha publicado *Mujeres de la cultura,* sobre diez mujeres fundamentales de la cultura española del siglo XX cuya obra no fue reconocida.

rosahuertas.com
Rosa Huertas
rosahuertas23

Fernando Vicente (Madrid, 1963). Pintor e ilustrador. Sus primeros trabajos fueron publicados en los ochenta en la revista *Madriz.* Premio Laus de oro 1991. Desde 1999 publica en *Babelia,* suplemento cultural de *El País.* Gracias a este trabajo ha ganado tres premios Award of Excellence de la Society for News Design. En su faceta de pintor destacan las series *Atlas, Anatomías, Vanitas* y *Venus.*

www.fernandovicente.es
FernandoVicenteIllustrator
fvicente_illust
FVicente_Illust

Invisible

Soy invisible, siempre lo he sido. Incluso cuando vivía y pisaba con pies de carne y hueso estas aulas prohibidas para mí.

Me llamo Matilde Padrós, dicen que fui la primera mujer que estudió en el Instituto San Isidro de Madrid, en 1882, pero es mentira. Yo nunca estudié aquí, solo vine a realizar los exámenes porque me impedían compartir clases con los demás, con los hombres.

Yo deseaba aprenderlo todo, mi ansia de saber no se saciaba, pero una mujer no tenía derecho a la educación. ¿Qué clase de vida es la del ignorante?

Dicen que fui la primera universitaria, aunque en el curso inicial solo consintieron que me examinara en salas escondidas, donde nadie viese mi falda ni se topara con mis ojos ávidos de conocimiento, para que nadie supiera que una mujer podía sacar sobresaliente.

En 1887, durante el segundo curso, pisé la universidad por vez primera: aquel templo de sabiduría entreabría una puerta para que yo me colase por una rendija, con disimulo, como un fantasma. Los catedráticos se preguntaban qué hacía allí, en lugar de seguir adornando la tienda de modas de mi padre. Casi ninguna de las mujeres que entraba en El Capricho sabía leer ni escribir. Ni siquiera las señoritas de clase acomodada conocían los rudimentos del lenguaje. Nos querían así: sumisas, ignorantes, invisibles.

Estudiar sola era ingrato, yo no tenía voz, ni siquiera podía protestar. Mi padre siempre fue un hombre insistente, tanto que consiguió que me dejaran entrar en las aulas mientas se impartían las asignaturas. Era un sueño. Por fin acudía cada mañana al edificio de la Universidad y, en lugar de dirigirme al aula, lo hacía a la sala de profesores. Allí esperaba a que llegase el catedrático que iba a impartir la clase. Acompañada por este y por un bedel, íbamos los tres al aula. Así, escoltada, como una delincuente, entraba y me sentaba en una sillita junto a la mesa del profesor, lejos de los escaños de los alumnos varones, libres y visibles. Al terminar la lección, regresaba a la sala de profesores de nuevo escoltada y, al finalizar la jornada académica, me esperaba algún pariente o la criada, que me acompañaba a casa. Nunca intercambié conversaciones ni tuve contacto con mis compañeros de clase. Me obligaban a vestir de una forma muy recatada y oscura, para no dar pábulo a quienes osaran quejarse de lo perturbador de mi presencia en el templo del saber. Los estudiantes de mi curso me apodaron *La Niña.* Un apelativo ridículo para alguien que los superaba en conocimiento, en interés y en inteligencia.

Tuve excelentes profesores y aprendí muchísimo: griego, metafísica, literatura, hebreo… En casi todas las asignaturas saqué sobresaliente y acabé la licenciatura con matrícula de honor. No quería dejar los estudios porque aprender era mi vocación, el sentido de mi vida. Así que, después, preparé el doctorado e hice estudios de sánscrito, historia de la filosofía y ética. Eran materias complejas, pero estudiarlas me aportaba un inmenso placer. Sentía que los contornos de mi cuerpo se perfilaban con claridad según avanzaba en el conocimiento, me sentía cada vez menos invisible.

El gran filósofo José Ortega y Gasset dijo de mí: «Es la mujer más inteligente que he conocido, pero lo más interesante de esta mujer es que ella no sabe que es inteligente. Difícilmente se encontrará un ser más inocente».

Se equivocaba, yo era consciente de mi inteligencia, mas no era prudente demostrarlo. Si hubiera alardeado de sabiduría, si hubiera dejado en ridículo a muchos hombres menos inteligentes que yo, si hubiera reclamado lo que me correspondía, jamás me habrían dejado seguir estudiando. Culta, pero invisible; esa era la condición.

Mientras continuaba con mis estudios llevaba la contabilidad de la tienda de mi padre, luego me necesitó más. Viajé, sobre todo a París, para copiar los diseños que allí se lucían. Obedecí a mi padre, trabajé para él y no pude poner en práctica nada de lo que había aprendido, excepto el idioma francés.

Después me casé y me convertí en ama de casa. Era lo que se esperaba de una mujer y luchar contra ello me parecía empresa imposible, más aún que estudiar hebreo. Mientras paseo como espectro invisible por estos pasillos me arrepiento de mi escasa rebeldía.

Por fin, en 1911, logré cortar amarras con mi padre, vendí todo lo que poseía relacionado con el negocio y nos marchamos a Londres. Fue una enriquecedora y hermosa experiencia. Mi marido era ilustrador y, por fortuna, también era un gran intelectual. Mantuvimos la costumbre de recibir a amigos en casa. Nuestra vivienda se convirtió en lugar de paso y encuentro de personas importantes de la cultura y la historia de España.

Solo los problemas económicos de mi esposo me dieron la posibilidad de realizar un trabajo acorde con mis estudios. Impartí clases de español y formé parte de la redacción de la Enciclopedia Británica.

Pero todo esto nadie lo sabe. Si fui invisible antes, ahora lo soy más aún. Mi afán por saber me ha convertido en un espectro. Deambulo por los pasillos y las clases de este instituto San Isidro, donde solo pude examinarme, y aprendo todo aquello que entonces me negaron. Con el tiempo he ido adquiriendo nuevos saberes, materias extrañas, complejas e interesantísimas.

Y con el tiempo he comprobado que las mujeres han empezado a ser visibles: primero llegaron las alumnas, relegadas a la primera fila, sin mesa donde apoyar el libro ni el cuaderno, tan vestidas de negro como yo en la universidad. Después aparecieron las primeras profesoras y sentí una alegría inmensa.

A todas las mujeres que se sientan en estos pupitres, a los que yo no pude acceder, les digo al oído: «No seas invisible».

Hace unos meses abrieron al público un museo en este instituto. En una de las vitrinas colocaron mi expediente académico con todos mis sobresalientes. «Matilde Padrós, la primera mujer que estudió en el San Isidro». Yo sé que es mentira, pero me alegró verme allí, visible, hasta con mi foto vestida de negro y muy seria. Quizá había llegado el momento de descansar en paz.

Entonces me di cuenta de un detalle estremecedor: en las vitrinas solo había fotos y notas de hombres ilustres que habían estudiado en el instituto. Ninguna mujer más; el resto, invisibles.

Por eso decidí quedarme aquí, deambulando por estos pasillos, por las aulas, esperando a que las demás aparezcan, nítidas y luminosas, importantes como ellos, fotografiadas y valoradas, en las vitrinas de este museo.

Esperando, esperando, esperando...

Igual que tú, tiemblo

Un relato de Ledicia Costas
ilustrado por Nuria Díaz

© Roberto Alonso Pérez

Ledicia Costas (Vigo, 1979). A Ledicia, de pequeña, lo que más le gustaba era leer y visitar cementerios. Los libros que devoró siendo niña marcaron su futuro. Tiene cientos de fotos en cementerios de todo el mundo. Con *Escarlatina, a cociñeira defunta,* ganó el Premio Nacional de Literatura Infantil y Juvenil. Lectora de Agustín Fernández Paz, Neil Gaiman o Philip Pullman. Su serie de referencia es *Dragon Ball,* basada en el manga de Akira Toriyama. Sigue visitando cementerios.

lediciacostas.com
lediciacostas
lediciacostas

Nuria Díaz (Vilagarcía de Arousa, Pontevedra, 1982). Se licenció en Bellas Artes por la Universidad de Vigo en 2006 y luego trabajó en el ámbito del diseño gráfico en diferentes empresas. Después de ganar el premio de ilustración Pura e Dora Vázquez de la Deputación de Ourense en 2010, comienza a trabajar en el mundo de la ilustración dedicándose principalmente al sector editorial y publicitario.

nuriadiaz.es
nuriadiazilustracion
nuria_diaz
nu_diaz

Igual que tú, tiemblo

@SaraLuna
A veces tengo frío y me encojo. Cierro los ojos e imagino 1000 maneras de volverme pequeña y desaparecer. A veces tiemblo cuando me miran. Cuando escribo, no. Cuando escribo crezco porque me protege la pantalla. Nunca pensé que haría algo así. Pero aquí estoy. Abriendo este hilo 👇

@SaraLuna
Tengo 15 años y vivo en Winterness, una ciudad donde los perros llevan abrigo para que su pelo no se congele. Aquí todos tememos la llegada del invierno. Yo no sabía que el peor de los inviernos es el interior. Ese que se te pega al corazón y no hay forma de hacer que se vaya.

@SaraLuna
El mundo no está diseñado para las personas frágiles. Esto es algo que nadie debería aprender con 15 años. Si sufres y los demás lo saben, te vuelves débil. La debilidad es un agujero por donde se te escapan los sueños. Una vez que el agujero lo devora todo, ¿qué te queda?

@perravida
¿De qué mierda estás hablando? ¿Por qué no le dices

a tu madre que te pague un psicólogo? Saldríamos ganando todos.

@SaraLuna
He decidido escribir aquí mi historia porque me tranquiliza pensar que quizás así evite que le suceda lo mismo a otras chicas. Porque si de algo estoy segura es de que esto podría haberle pasado a cualquiera.

@SaraLuna
Todo empezó la noche del 13 de marzo del pasado año. La policía llamó a la puerta de casa de mis padres a las 22:30h. Venían a informarles de que había fotografías mías colgadas en una web que ofrece servicios de chicas. Hablando claro: prostitución. Qué miedo me da esa palabra…

@SaraLuna
Los policías colocaron las fotos sobre la mesa del salón. Las reconocí al instante. Me las había hecho yo misma un par de meses antes. Mi novio me las había pedido con mucha insistencia y yo accedí después de semanas. En algunas salía en ropa interior y en otras desnuda.

@perravida
Di la verdad. Las fotos se las enviaste tú porque te dio la gana. Es muy cobarde culparlo a él de tu error. Si no hubieses enviado las fotos, no habría pasado nada, guapa.

@criaturablanca
@perravida Claro, es mucho más valiente lo que estás haciendo tú, ¿verdad? Vamos a ensañarnos con Sara y a premiar al machito de su novio y sus colegas. #patético

@perravida

@criaturablanca Venga, reconoce que hay que ser muy imbécil para mandar este tipo de fotografías. Pero enviárselas a un tío como Diego es de tener el #RetardedAward. Todos conocemos a Diego.

@criaturablanca

Paso de tu discurso machista. Me aburres. @SaraLuna estoy contigo.

@SaraLuna

Esa noche la Tierra se detuvo. Los pájaros se desplomaron estrellándose contra el suelo, una grieta se abrió debajo de mis pies y un monstruo terrible asomó la cabeza. Grité, deseando romperme por dentro o explotar. Yo confiaba en él. Llevábamos juntos seis meses. Maldita sea.

@perravida

Momento drama queen, venga. Cuando te pones intensita eres insoportable.

@criaturablanca

@perravida ¿Nadie te ha dicho nunca que eres un bocazas? Haznos un favor a todas y lárgate de este hilo.

@perravida

@criaturablanca A todas, claro. Vuestro pielfinismo me pone, me motiva y me anima. Por ese orden.

@criaturablanca

@perravida Pírate, piérdete y no vuelvas. Por ese orden.

@SaraLuna
Pensaba que teníamos nuestro propio mundo, raro y mágico, al margen del resto, y que nadie podía estropearlo. Pero sucedió. Él envió mis fotos a un grupo de WhatsApp que tenía con sus amigos. A uno de ellos, no sé a cuál y me da igual, le pareció una buena idea venderlas.

@SaraLuna
Les pagaron por ellas 75 €. Ese es el valor que le dieron a mi dignidad. 75 míseros euros. Las fotografías circularon por todos los teléfonos del instituto y por los de la gente del barrio. Excepto por el mío, claro. Se ve que la persona afectada siempre es la última en enterarse.

@SaraLuna
Cuando se te rompe algo dentro hay veces que no se puede recomponer. Las puntas de los añicos se te entierran. Nunca había sentido un dolor así, que salta de lo emocional a lo físico. Más allá de la vergüenza que pasé, por mis padres y por mí misma, me dolieron dos cosas.

@SaraLuna
La primera: la traición de Diego, la persona que movía mi mundo. La segunda: las reacciones de la gente. De los compañeros de clase, pero también de algunas que consideraba mis amigas. A los dos días de hacerse público todo esto, alguien abrió una cuenta de Instagram.

@perravida
Una cuenta de Instagram que nos regaló grandes momentos.

@SaraLuna
La imagen de perfil era una foto de mis tetas ampliadas. El nombre de la página: Sara la lunática te lo muestra todo. Durante semanas compartieron memes donde yo era la protagonista. Enumeraban los servicios que ofrecía en la web y lo peor: publicaron mi número de teléfono.

@SaraLuna
Empezaron a llamarme hombres. Todos los días y a cualquier hora. Cerré mis cuentas en todas las redes sociales. Tuve que cambiar de número de teléfono, de instituto. De casa, no, pero casi. Mis padres se han separado. Ninguno me lo dice pero yo sé que en el fondo me culpan.

@SaraLuna
Os preguntaréis qué ha sido de Diego. A veces me escribe wasaps y me dice que me echa de menos. Que lo siente, que él no es así. Que alguien cogió su móvil y reenvió las fotos al grupo. Que no quiso su parte del dinero.

@SaraLuna
Durante un tiempo quise creerle. Ahora ya no. Me hace daño que me subestime así. Al menos me he dado cuenta de que la única persona que mueve mi mundo soy yo misma. No quiero depender emocionalmente de nadie. Nunca más.

@SaraLuna
Esta es mi historia. No soy quién para decirle a nadie lo que debe hacer, pero no regaléis vuestra intimidad. Aunque os insistan hasta la saciedad. Yo lo hice y todavía no he logrado recomponerme.

@perravida
Pues oye, en eso te doy la razón. Buena eres tú para dar consejitos.

@criaturablanca
En serio, tío. ¿Todavía sigues aquí? ¡Que te pires! @SaraLuna Eres muy valiente. Ojalá tu historia se haga viral y llegue lo más lejos posible. Tienes todo mi apoyo.

@SaraLuna
A veces leo poesía. Eso me reconcilia con el ser humano (pero solo a veces). Cierro este hilo con un verso de @ElenaMedel que me traspasa, perforando hasta la médula el frío de Winterness: "Igual que tú, tiemblo. Ya no puedo llorar".

Kenia

Un relato de María Zaragoza
ilustrado por Dídac Pla

María Zaragoza (Madrid, 1982). Escritora y guionista. Es autora de libros como *Realidades de humo, Dicen que estás muerta* (Premio Ateneo joven de Sevilla 2010) o *Sortilegio,* y ha colaborado en la elaboración de guiones cinematográficos y de cómic. Es la tutora de los escritores becados en la Fundación Antonio Gala para jóvenes creadores.

María Zaragoza
MariaZaragoza00
MariaZaragoza00

Dídac Pla (Barcelona, 1980). Ilustrador, diseñador gráfico y músico. Su beca en la Fundación Antonio Gala, la edición de la novela gráfica *Cuna de Cuervos,* y tocar en el More than Fest 2017, han sido hasta ahora los *highlights* de su ecléctica y rockera carrera creativa.

akioilustrator.blogspot.com
didakio

Kenia

Últimamente pienso mucho en Kenia. Le habían puesto el nombre del país de sus antepasados y era la chica más lista y guapa del barrio. Recuerdo a menudo que se metían con ella porque tenía la piel del color del chocolate al noventa por ciento de cacao y los dientes blanquísimos, y también recuerdo que envidiaba sus rizos y la forma que tenía de entender las matemáticas, la física y con ellas el universo. En verano daba clase a gente a la que se le había dado mal el curso, y un año me ayudó a mí. Sin ella jamás habría aprobado. Quería ser profesora para difundir lo que ella comprendía mejor que nadie, y cuando la conocí siempre se estaba riendo. No parecía darle importancia a que se dijera que su madre trabajaba en el bar de carretera solo por el color de su piel —era abogada—, o a que ese chico del barrio al que rechazó le dijera que se volviese a África, cuando ella se había mudado al pueblo desde Torrejón y de aquel continente no tuviera ya más que el nombre. No le daba importancia a nada, siempre respondía que la gente hablaba por ignorancia o por envidia. Me hubiera gustado ser como ella muchas veces. Siempre pensé que era fuerte, valiente, hermosa, y que conocía los humores del mundo. Que era más sabia que yo.

Kenia desarrolló la primera. Le salieron los pechos un enero, como si hubieran sido un regalo envenenado de navidades. Le ensancharon las caderas acto seguido, y con todos esos cambios llegaron las primeras chicas que le «aconsejaron» que se tapara o se pusiera sujetador porque los chicos la miraban. Me di cuenta de que ella ni siquiera se había percatado, pero que cuando se lo dijeron se le borró la sonrisa de la cara.

A partir de ese momento Kenia empezó a reírse menos. Aquel verano fue el que me dio clases y recuerdo que se le había ensombrecido algo en la mirada. Consiguió que entendiera las matemáticas, pero yo no conseguí comprender a cambio su repentina obsesión por las revistas de moda. Me confesó que le gustaría ser perfecta mientras señalaba a las chicas de aspecto andrógino a las que jamás se parecería, y yo pensé que ya lo era, pero no se lo dije. Un día fuimos juntas a la piscina, y una vecina manifestó, sin que le preguntaran, que admiraba su valor para ponerse bikini teniendo «ese cuerpo». Nunca dijo a qué se refería en concreto, pero Kenia se compró al día siguiente un bañador.

Kenia tenía una belleza inverosímil, casi dibujada, que empezó a llamar la atención de los chicos de inmediato. Al principio no quiso tener novio, eso lo recuerdo muy bien, y de todos los que se encapricharon de su cuerpo curvilíneo y se vieron frustrados, la mayoría empezó a espetarle que estaba gorda, que era una estrecha, y que pensaba que sería más ardiente, pero que era como todas las demás. Kenia era mejor que ninguno de ellos, pero nunca se lo confesé. Nunca le dije que qué mierda era eso de «todas las demás», como si todas las demás fuéramos mierda. Incluso una vez me callé cuando aquel primer novio suyo le dijo que no se sentase junto a él en el banco del parque e hizo un comentario despectivo delante de sus amigos sobre el tamaño de su culo. Debí gritarles cuando se rieron, pero no lo hice. Callé cuando la vi llorar, y cuando empezó a cambiar su forma de vestir para ocultar ese cuerpo que creía que no le gustaba a nadie. No le dije que pensaba que el problema era, precisamente, que le gustaba a todos.

Su siguiente novio controló todo lo que se ponía. Su madre le dijo que no le convenía coger kilos porque con la edad no podría quitárselos y que por qué no aprendía de su hermana, que era atleta desde pequeña y parecía sacada de una revista. Sus amigas más delgadas solían reprocharse haber engordado un gramo. Aquel tipo le intentó tocar las tetas en la escalera del centro de usos múltiples y después la insultó. Fue el último verano y luego estudiamos en ciudades distintas. Me cuesta confesar que la olvidé un poco. Me cuesta confesar que su piel olía a madera. Me cuesta confesar que me di cuenta de que al final de aquel verano estaba más delgada y que ya no se reía como antes, que llevaba bañador y no bikini y trataba de no acercarse mucho a los chicos del barrio. Me cuesta confesar que sabía que pensaba que se reían de ella cuando les daba la espalda porque tenía una talla de sujetador que costaba encontrar en tienda. A mí me parecía que si comprendía el universo, nada de todo aquello tendría importancia, que todo pasaría al alejarse. Que en el mundo que nos esperaba nada sería igual.

Pienso muy a menudo en Kenia últimamente, porque aquella chica que le dijo lo del bikini me vino con la noticia de que se había muerto. Había cumplido su sueño de ser profesora de física, pero en los últimos tiempos estaba tan débil por no comer que necesitaba un micrófono para dar clases y que se escuchase su voz. Quise hacerle un reproche a aquella chica, pero me di cuenta de que no podía. En el fondo todos habíamos sido un poco responsables. Recuerdo a Kenia y que la había olvidado. Recuerdo que pude saber que ya entonces se odiaba, pero que no hice nada. Recuerdo a Kenia y que nunca le dije que a casi todos nosotros nos parecía maravillosa tal y como era.

CARL SAGAN

En tu jaula de cristal

Un relato de Mónica Rodríguez
ilustrado por Raquel Aparicio

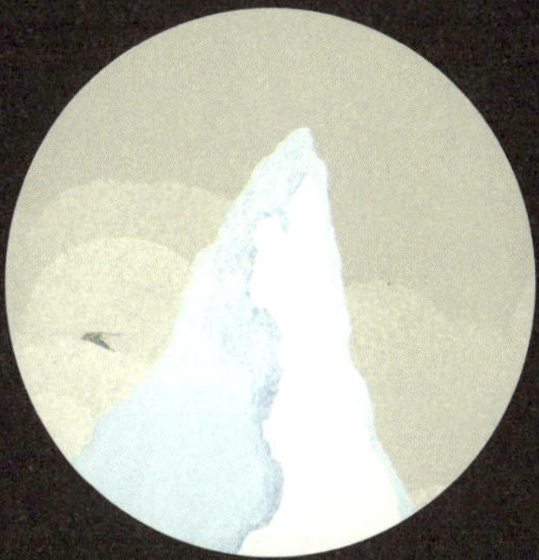

© Marta de Saa

Mónica Rodríguez (Oviedo, 1969). Es licenciada en Ciencias Físicas. Durante quince años trabajó en un centro de investigación. En 2003 publica su primer libro infantil. Desde 2009 se dedica por entero a la literatura infantil y juvenil. Tiene publicados más de cuarenta libros. Ha recibido numerosos premios y reconocimientos. En 2018 se le otorgó el premio Cervantes Chico de literatura infantil y juvenil a su trayectoria.

www.monicarodriguez.es
monica.rodriguez.suarez
monica_rs

Raquel Aparicio (Ávila, 1982). Comenzó a ilustrar de forma profesional en 2016. Desde entonces ha realizado imágenes para prensa, libros, publicidad, moda e impartido algunos talleres. Algunos de sus clientes se incluyen Anaya, SM, Simon and Schuster, *The New York Times, Elle, Runner's World, The Wall Street Journal* y *The Boston Globe*. Lo que más la gusta es dibujar y se siente agradecida de poder vivir de ello.

www.raquelaparicio.com
raquelapariccio

En tu jaula de cristal

No sé cuántos años tenía. Era muy joven. Llevaba una sudadera con la capucha cubriéndole el pelo, un perro de presa, patines. Es posible que tuviera un *piercing* o un tatuaje, no lo sé, solo sé que me llamó la atención ese aspecto agresivo, de chica fuerte. No vi su mirada. Ella se sentó en un banco del parque, alejado del mío. Se quitó los patines. Yo volví los ojos al libro. No tardó en traerme el viento ráfagas de su voz.

—¿Por qué me has hecho venir a este parque? He recorrido media ciudad y no estás. ¿Por qué me haces esto?

Volví a mirarla. No había nadie más en el parque, solo las dos, cada una en un banco. Nuestros perros. Un sol tibio caía sobre la explanada que nos separaba, formaba sombras bajo los árboles. Ella elevó su tono de voz. Gritaba al móvil.

—¡Ayer te estuve esperando hasta las cuatro de la mañana!... ¡Ya sé que estabas con otra! ¡No me cuentes si te la tiraste o no, a mí no me importa!... Siempre te lo demostré y aquí estoy, ¿no?

Yo traté de volver al libro, pero su voz, cada vez más angustiada, me lo impedía.

—No, no me tratas bien... ¿Crees que me tratas bien?... ¿Dónde estás?... Yo te quiero, hostia... y siempre me haces lo mismo... Siempre soy yo la que tengo que suplicarte... ¿Por qué no vienes, joder?

De pronto, el parque se sumió en un silencio dulce, terrible. Ya no tenía la capucha puesta y miraba hacia el vacío con desesperación. Volvió a impresionarme lo joven que era. Pensé en levantarme y decirle que nadie merecía que la trataran de aquella manera, pero volví la vista al libro. Ojalá se marche, pensé. Vete, vete, no lo esperes. Y como si me hubiera oído, la chica se levantó, dio un silbido para llamar a su perro y se encaminó hacia la calle Rosario, los patines en la mochila. La capucha caída.

La seguí con la mirada hasta que desapareció. Volví la vista a Poe, mi perro pequeño y sin raza, y luego al libro. Releí varias veces el mismo párrafo sin entenderlo y levanté de nuevo los ojos, buscando el horizonte de casas, detrás del enrejado que bordea el parque, inquieta. Entonces lo vi. Era tan joven como ella, muy delgado. Vestía de un modo impecable, moderno, el pelo echado hacia atrás, los ojos limpios. Se acercó a un hombre que acababa de llegar con su perro. Se agachó para acariciar al animal y entabló una conversación con el dueño. Era educado, a su manera encantador. Sonrió.

—Siempre quise tener un perro como este. ¿De qué raza es?

Sentí que algo bombeaba dentro de mí, que me tiraba y me empujaba. Es él, me dije, y bajé los ojos al libro disimulando mi espanto. El terror que de pronto sentí por todo aquello, por su simpatía, por sus maneras suaves y atentas.

Antes de verla, la escuché. Cruzaba el parque en dirección al chico y gritaba:

—¿Por qué me lo has vuelto a hacer? ¿Por qué tengo que ser yo la que siempre te siga? ¿Por qué no me hablas?

Él la miró y no dijo nada. Se dirigió hacia un banco más alejado. Se apoyó con la deportiva en la madera y se volvió hacia la chica de la sudadera, tranquilo. Ella gritaba, lloraba, movía las manos con furia. Me llegaban sus golpes de voz, su impotencia. Y él la miraba y no hacía nada, no decía nada. Tal vez alguna palabra en voz baja que yo no alcanzaba a escuchar. Cerré un momento los ojos sintiendo el dolor. Su dolor. Podía levantarme, acercarme a ellos y decirle: Déjalo, no merece la pena, es un hijo de puta. Pero no me moví.

Entonces la chica se giró bruscamente y lo abandonó en aquel banco, con su deportiva sobre la madera y su mirada impávida. Bien, me dije. Vete, déjale. Y entonces hizo algo que me heló la sangre. Se giró en mitad del parque hacia él y gritó con todas sus fuerzas:

—¡Te quiero! ¡Te querré toda la vida, hagas lo que me hagas!

Ella, la chica, y era tan joven, tan joven, tan rota. Tan engañada. Con su capucha y su perro de presa y su aspecto fuerte. A un paso del abismo. Pensé en mis hijas. Un escalofrío me recorrió la espalda. Una onda de compasión y miedo. De ira, de frustración. Nunca jamás, nada, nadie te puede llevar a ese lugar, te debe llevar a ese lugar, grité por dentro, sin levantar la voz, sin levantar los ojos del libro. Pensando en todo lo que iba a sufrir esa chica y entonces él, cuando ella ya solo era una diminuta figura, la capucha puesta, el perro detrás, con su paso lento y musculado, solo entonces, él bajó la pierna del banco y caminó despacio, en la misma dirección que ella. Cuando pasó frente a mí levanté los ojos. Una pequeña sonrisa, casi diminuta, casi inexistente, asomaba a sus labios. Iba cantando para él, en voz muy baja, mirando al lugar donde desaparecía la chica de la capucha. Su letra me llegó suave, el final de una estrofa: *... en tu jaula de cristal, en tu jaula de cristal...* Repetía.

Cerré los ojos, perpleja. Cuando los abrí su figura se perdía por el final del parque. El silencio volvió a llenar el aire tibio. El sol. Poe vino hacia mí y sacudió el rabo. Eso fue todo. Ellos se fueron. Yo me quedé sentada y sola, con las manos sobre el libro, mirando a lo lejos la valla oxidada y detrás de ella, la hilera de edificios, el cielo de primavera apacible y hermoso. Y esa belleza y todo ese dolor me golpeaban. Eso fue todo. Por eso ahora escribo lo que sucedió esa tarde. Quienquiera que seas, chica del parque, donde quiera que estés. A ti te escribo este relato, como quien lanza, desesperado, una botella al mar para decirte todo lo que no te dije entonces. Lo que les dije después a mis hijas. Los golpes llegan de muchas formas. También la salvación. Quién sabe si este libro, estas palabras, te alcanzarán algún día y levantarás los ojos y pensarás que nada ni nadie merece lo que viviste esa tarde en el parque, lo que habrás vivido luego, lo que espero que nunca vivas. Quién sabe si entonces romperás tu jaula de cristal. Con esa diminuta esperanza escribo esta última línea.

Iguales

Una escena teatral de Espido Freire
ilustrada por Sara Morante

© Nika Jiménez

Espido Freire (Bilbao, 1974) publicó *Irlanda* (Premio Millepage) en 1998. En 1999 ganó el Premio Planeta con *Melocotones helados.* Siguieron otras novelas y premios, entre ellos *Soria Moria* (Premio Ateneo de Sevilla 2007) o *Llamadme Alejandra* (Premio Azorín 2017). Ha publicado ensayos, colecciones de cuentos, poemas y las novelas juveniles *La última batalla, El chico de la flecha* y *El misterio del arca.*

espidofreire.com
espidofreireoficial
espidofreire
EspidoFreire

Sara Morante (Torrelavega, 1976). Ha ilustrado trece libros y más de cincuenta portadas, entre las que se incluyen las de toda la obra de Carson McCullers en lengua española. Como autora ha escrito e ilustrado la novela *La vida de las paredes.* Premio Euskadi de Ilustración 2012 por su trabajo en *La flor roja* y Premio Nacional de Arte Joven del Gobierno de Cantabria 2008.

saramorante.com
MoranteSara
saramorante
Sara_Morante

Iguales

Dos jóvenes, un chico y una chica, en la fila de la cafetería, con una bandeja en la mano. Los dos con vaqueros y una camiseta blanca o negra, con pelo corto o una coleta. Es indiferente quién interprete cualquiera de los dos papeles.

ÉL

Pero ¿cuánto hacía que no nos veíamos?

ELLA

Ufff. Mucho. Yo creo que desde...

ÉL

¿Sabes? Al principio no te he reconocido.

ELLA

¿Tanto he cambiado? *(Se dirigen hacia una mesa con dos sillas en primer plano, y se sientan de perfil al público).*

ÉL

No, pero... *(se señala el pelo. Ella se lleva la mano a la cabeza).*

ELLA

Ah, ¿esto? Sí, es verdad, me he cambiado el pelo.

ÉL

Por detrás me pareciste un chico.

Ella se encoge de hombros.

ELLA

Bueno, de espaldas es difícil distinguir si alguien es un chico o una chica. Vestimos todos igual, el pelo largo o corto no dice ya nada...

ÉL

¿Quieres? *(Le ofrece una manzana).*

ELLA

No, ya tengo. *(Silencio).* ¿Por qué dejamos de vernos?

ÉL

(Se encoge de hombros). No sé. Nos hemos hecho mayores, tenemos más deberes y menos tiempo... y comenzaste a salir con ese grupo de amiguitas tuyas...

ELLA

No, dejamos de vernos antes de que yo encontrara a mis nuevas amigas. Nos alejamos cuando mi hermano se fue a la universidad y como él faltaba, ya no me llamábais como antes.

ÉL

¿Tú crees?

ELLA

Sí, estoy segura. Aquello me dolió mucho. Me di cuenta de que yo no era una más de vosotros, sino solo la hermanita de Juan. Y cuando Juan desapareció, dejé de interesaros. Ahora las únicas chicas con las que os relacionáis son vuestras novias.

ÉL

No digas tonterías. Yo no tengo novia, y...

ELLA

¿Y con cuántas amigas sales ahora? Porque a mí me habías perdido la pista.

Él

Con muchas.

Ella

A ver, dime tres.

Él

Con Alba... con... con...

Ella

Alba siempre ha estado loca por ti. No cuenta.

Él

¿Y tú, tienes amigos?

Ella

Muy pocos. Lo pensaba el otro día. Alguno de mi clase, o de cuando era muy pequeña, con los que sigo en contacto, pero casi no veo. No sé qué ha ocurrido, ni cuándo. Creo que me siguen gustando las mismas cosas, lo mismo que compartía con vosotros; no he cambiado. Pero al llegar a la adolescencia todo se ha complicado: ya nada es tan sencillo ni espontáneo. Me da vergüenza hablar de según qué temas con mis amigas, porque sé que no les interesan. Y si me acerco a los chicos para compartirlos con ellos, creen que estoy buscando... no sé qué. O sí sé qué. Ya no me ven como una amiga. Soy una chica, y punto.

Él

Es que eres una chica.

Ella

Soy mucho más que una chica. Soy una buena amiga, soy una compañera leal, tengo los mismos gustos que tú y que mi hermano, y en muchos casos, sé más de ellos que vosotros, soy divertida, y sé escuchar.

Él

No sé qué decirte. Yo, a veces, con las chicas no sé de qué hablar.

Ella

Pero qué tontería. De cualquier cosa. De lo mismo que con tus amigos.

Él

No, eso era antes. Tienes razón, la adolescencia lo ha complicado todo. Antes todo resultaba más sencillo. Éramos más... más iguales.

Ella

Seguimos siendo iguales.

Él

Sí, claro. No me refiero a que tú y yo no tengamos los mismos derechos. Es otra cosa. Algo invisible, una barrera transparente que nos separa y que está en la mente, no en la realidad. A mí también me molesta que ser hombre me clasifique antes que ser persona: también soy un buen amigo, y sé escuchar, y soy un compañero muy leal.

Ella

Pero divertido no has sido nunca *(se ríe).*

Él

Es verdad, soy un soso *(se ríen los dos).*

Ella

¿Eso es el timbre?

Él

Tengo que irme corriendo. Me ha gustado mucho comer contigo. ¿Nos vemos el sábado?

Ella

He quedado con mis amigas. ¿Por qué no vienes y te las presento? Les vas a gustar.

Él

(Se queda dudando, antes de irse). ¿Sabes qué? Lo pensaré...

Los dos se levantan y se van cada uno por un extremo.

Melhfa

Un relato de Gonzalo Moure
ilustrado por Esperanza León

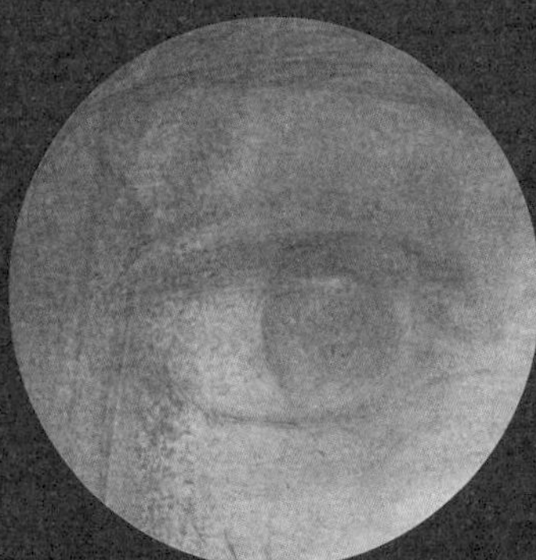

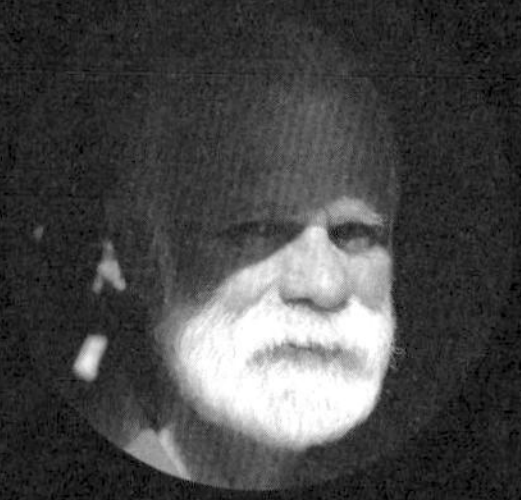

Gonzalo Moure (Valencia, 1951). Fue periodista, pero hace casi treinta años se pasó a la literatura sobre niños, jóvenes y animales. Ha publicado más de cuarenta libros y recibido premios importantes. También ha dirigido la película *Leyuad*. En la actualidad compatibiliza literatura y cine con su actividad en Bubisher, un proyecto que mantiene ya cuatro bibliotecas fijas y cuatro bibliobuses en los campamentos de refugiados del Sáhara.

gmoure.es
Gonzalo Moure Trenor

Esperanza León ha ilustrado para diversos sectores: diseño, prensa, botánica y editoriales; todas ellas vertientes que le han permitido desarrollar aspectos apasionantes, especialmente en el mundo de la literatura. La pintura y la ilustración en todas sus facetas han sido el instrumento que le ha ayudado a entender mejor la vida.

Melhfa

Hoy hay siroco, y me he tenido que poner un turbante azul índigo. Me siento guapa. El viento viene cargado de arena. En la hammada, la inhóspita tierra en la que se asientan los campamentos de refugiados del Sáhara, el tamaño de cada grano de arena es microscópico. Y a través de esa niebla de arena caminan mujeres. Todas cubiertas por la melhfa. Una tela de fino algodón de colores vivos, vistosos. Desde la cabeza hasta los pies. Y así dicho suena como el burka, es verdad. Tapar, se supone. Digo eso: Para tapar.

Rim se ríe. Nada que ver, dice. Rim ha vivido en España más años que en los campamentos. Nació aquí, hace poco más de veinticinco años, y ahora ha tomado la decisión de venir a los campamentos, de vuelta con su familia.

¿Nada que ver?

No, el burka tapa, la mujer afgana se lo pone para ocultarse, por orden del hombre. Como en la mayoría de los países musulmanes.

Para ocultarse, digo.

Sí, dice Rim. Desaparecer. Eso el burka. Pero el velo de otros países musulmanes también persigue ocultar la belleza. Ocultarse u ocultar, concluye.

Rim habla perfectamente el español. Ahora dirige una biblioteca que se llena todos los días.

Sin embargo, dice, la melhfa de la mujer saharaui busca lo contrario: realzar la belleza. La miro. Lleva la melhfa con ligereza. De manera diferente, más libre que las demás mujeres. Rim parece adivinar mis pensamientos:

Se tapan completamente por la arena, y sobre todo por el sol. Y se ríe: No quieren ponerse morenas, ya tienen bastante «morenez».

La risa de Rim es contagiosa. Así que me río también mientras ella saluda a las chicas con las que se cruza.

¿Cómo las puedes conocer? Por cómo caminan, dice.

Yo no noto nada diferente en ninguna. Una de las chicas es delgada, alta, nada que ver con lo que parece una constante en las demás: grosor. Ese es el canon de belleza de la mujer saharaui: carnosas, sensuales. Ahora parece abrirse paso lentamente una forma distinta de belleza. Lo digo: Parecen occidentales.

Occidentales no, ellas mismas, dice Rim. Ya no todas queremos ser como quieren los hombres que seamos, sino como nosotras queremos ser.

Hemos llegado a la jaima de Mulay. Al entrar en la jaima me siento deslumbrada. Por fuera, la arena y el sol han deteriorado la lona. Pero por dentro es confortable. No, algo más: es un pequeño palacio. Alfombras, cojines, pieles curadas de oveja. Mulay ha preparado la comida en mesas bajas, en una larga fila. Un banquete al otro lado del siroco. El hijo de Mulay, Salek, de apenas doce años, está sentado haciendo el té con hierbabuena, y del brasero en el que lo prepara se levanta una nube tenue de incienso.

Aparecen las mujeres, saludan en una ola interminable de «salamaleikums» y saludos rituales.

La más joven es la hermana de Mulay, Aziza. La mediana Mahyuba, su mujer. La mayor su suegra, Madja, la madre de Mahyuba. Tiene sus años, pero también una hermosa elegancia.

Nos sentamos en la alfombra, alrededor de la mesa: Mulay, Rim y yo. En el extremo Salek sigue con su ceremonia. Escancia el té de un vaso a otro, crece el nivel de la espuma, vuelve a empezar.

¿Y ellas?, pregunto. Porque las mujeres se han esfumado mientras nos sentábamos. Solo quedo yo. Y Rim, sonriente y serena. Mulay ya está sirviendo cuscús en los platos.

En la cocina, dice. Miro a Rim, que no dice nada. Mulay intercepta mi mirada, se ríe. Rim quiere estar con nosotros, dice.

¿Y tu mujer no?, pregunto. No, dice.

Miro a Salek, que no levanta los ojos de la tetera y los vasos, pero sonríe.

Pues debería, ¿no? No lo sé, dice Mulay. Según vuestras costumbres, seguramente. Pero las nuestras son distintas.

Cabeceo, un poco enfadada. No: muy enfadada. Dejo la cuchara en el plato, mientras Rim y Mulay comen con los dedos. Y con fruición. Mulay mira a Rim, Rim a Mulay. Al final es él quien habla, bajando la voz, como si no tuviera más remedio: Has conocido a mi suegra, Madja.

Sí, me ha parecido una gran mujer. Me encantaría conocerla mejor, digo, hablar con ella.

Luego tendrás tiempo.

Voy a decir Aquí, ahora, pero me reprimo.

Madja ya está mayor, dice Mulay, pero ha ocupado puestos muy altos en nuestra sociedad. Los enumera. Impresionante, sí. Hasta ministra, en dos carteras distintas.

Pues… No sigo, pero creo que Mulay lo entiende: aún me indigna más que no se siente con nosotros. Por un momento Mulay se pone serio, como si me hubiera oído pensar. Luego se relaja, sonríe, y dice:

¿Sabes que Madja ha estado casada varias veces?

Rim se ríe. Les miro, sin entender. Todavía.

Ocho veces, dice Mulay. ¿Ocho? No puedo ocultar mi sorpresa. Ocho, repite Mulay. Y lo que más te va a sorprender, creo: fue ella la que repudió a los ocho maridos. Ahora está soltera.

Miro a Rim, que asiente con su sonrisa más encantadora. Estoy perpleja, hago una mueca de extrañeza. Mulay es un hombre fuerte y austero. Guapo, pulcro. Se limpia los dedos con el extremo de su turbante, antes de hablar:

Shuf (mira): la mujer saharaui. Manda. Si mi mujer me repudia, mañana mismo me tengo que ir, con lo puesto. Tengo que merecerla cada día. Madja es un ejemplo. Hay ahora hombres saharauis que quieren mandar en su lugar. Que la mujer obedezca al hombre. Pero fueron las mujeres las que levantaron estos campamentos. Ellas construyeron las jaimas, las escuelas, los hospitales, todo.

Un silencio largo. El golpeteo de los vasos en la bandeja, el susurro del té, la espuma.

Así que si ellas quieren comer luego, dice Mulay, comen luego. Y si quieren comer ahora, como Rim y como tú, comen ahora. Rim se ríe, se concentra en la tortilla. Me encanta, dice.

¿La tortilla, o lo que ha dicho Mulay? Las dos cosas, seguramente.

¿Qué haces tú aquí?, me pregunta Mulay. Es una pregunta retórica.

Ya lo sabes, soy voluntaria en un proyecto que construye bibliotecas.

¿Alguien prohíbe que entren las mujeres en ellas? No, digo, claro que no. Pues sigue construyendo bibliotecas. Y me guiña un ojo. Me siento desarmada. Y creo entender. No: entiendo.

El de la libertad es un largo camino, añade Mulay.

Esa que sonríe. Rim. Su sonrisa su pintura de guerra. Sonrío también.

LARGO CAMINO

Lo contrario

Un relato de Jorge Gómez Soto
ilustrado por Mireia Pérez

Jorge Gómez Soto (Madrid, 1974). El grueso de su obra va dirigida al público juvenil. Empezó a publicar en 1999 y desde entonces lleva publicados ocho libros en varias de las más importantes editoriales y ha obtenido algunos premios y reconocimientos. Tiene, entre otras cosas, dos hijos, un trabajo al margen de la literatura, como economista, y un blog de literatura infantil y juvenil.

gomezsoto.es
jorge.gomez.soto.escritor
lij_jg
lij_jg

Mireia Pérez (Valencia, 1984). Últimamente trabaja como librera, forma parte del equipo de dirección de GRAF Madrid (Cómic de autor y edición independiente) y ha ilustrado libros para múltiples editoriales y proyectos personales.

www.mireiaperez.com
MIIS3RIIA
MIIS3RIIA

Lo contrario

Iris, ¿por qué no me lo has contado a mí?

Me acaba de decir tu madre lo que te ha hecho tu compañero de clase. Ha sido Chus, ¿no? El del pelo largo y el tatuaje de la flecha que le recorre el brazo hasta la misma mano.

¿No es el que acaba de ganar el concurso de «Rap con valores» del distrito y que va a ir a la edición provincial, que retransmitirán por la tele? Me pusiste una vez la canción, ¿no? ¿Cómo decía?

Ah, que la tiene subida a Youtube. Pónmela, para que me hierva más la sangre. *Chus_Life.* Vaya nombre para un canal.

Sí, claro que lo sé, Iris, es un juego de palabras bilingüe. Puede significar «la vida de Chus» o «elige vida».

... Todos iguales, / tales y cuáles, / mujeres y hombres / de Madrid o Londres. / Respeto / ese es el reto...

Uf, se hace bola ver al puñetero Jesusito, todo reconcentrado, dando lecciones a golpe de micro. Da la impresión de estar convencido de lo que canta. Si no me acabases de contar lo que te ha hecho...

... nada de rivales / tú si que vales / ya no te escondes. / Miedo, ¿dónde? / No es ningún secreto / un machista es un cateto...

Por supuesto que te creo. No lo dudes, Iris. Soy tu padre. Sé cómo te comportas y hasta dónde puedes llegar. Y si me dices que no hubo consentimiento ni nada que se le pareciese, es que no lo hubo. Ese aprendiz de Eminem va a pagar muy caro el no haber dejado la flecha de su brazo en el carcaj. ¿Pero quién se ha creído para meterle la mano por debajo de las bragas a una compañera de clase? ¿De qué poder se cree investido?

... seamos leales / y nunca animales. / ¿Lo que digo no oyes? / Anda y que te... abollen. / ¡Ahá! Yeah. / Seré escueto / chicos y chicas, duetos.

Ahá, yeah, yo también seré escueto: hipócrita, falso, cínico...

Y sigue y sigue rapeando. ¿Pero cuánto dura esta penitencia? ¡Qué pedazo de hijo de...!

Vale, ya me calmo, Iris.

Te voy a decir lo primero que vas a hacer mañana en cuanto llegues al colegio. En vez de ir a clase, vas a subir al despacho de Don Manuel, el director. Hay que apuntar hacia arriba para que se mueva algo. Hay que asustar al que manda o no cambiará nada. Si el colegio no toma medidas o te empieza a dar largas, entonces seré yo quien entre en su despacho, pero después de haber pasado por la comisaría, con la denuncia en la mano.

¿¡Cómo que no es para tanto, Iris!? ¡Es para más! El problema es que ya nos parece normal cualquier cosa. Somos como la rana de la famosa parábola. Le iban calentando el agua poco a poco y cuando se quería dar cuenta, ya estaba hirviendo y era demasiado tarde para salir. La sociedad nos va calentando el agua con ideas absurdas que tomamos como verdades absolutas: os gusta el rosa, cuidar niños, no hay quien os entienda... Nos llenan la cabeza de cosas así desde bebés y consiguen que, por ejemplo, no te parezca para tanto que un compañero tuyo te sobe.

¿Ves como tengo razón? A eso me refiero. Ahora hasta te da pena que lo descalifiquen del concurso provincial de «Rap con valores». Pobrecitoooo. La misma pena que él debe de estar sintiendo por ti... Ah, no, que para él no ha sido nada. Una bromita. Ji, ji. Es que no tienes sentido del humor, Iris. ¿Cuántas veces te han dicho eso? Viene en la primera lección del «machismanual».

Haz caso a tu padre, Iris. Sé que no es cómodo porque es tu compañero de clase, un chico muy popular al que vas a tener que ver todos los días, pero dejarlo es peor. No por venganza, sino por tu propia estima, para que interiorices que a ti no te menosprecia nadie. Si lo dejas como está, al día siguiente te volverá a meter mano, volverá a disparar la flecha, porque tendrá sus privilegios intactos.

No, escúchame tú a mí. ¿No te dan ganas de gritar cuando lo sacan en las redes sociales del cole como ejemplo de los valores de sus alumnos? ¿Qué ponían el otro día junto a su foto? Espera que lo busco: Orgullosos de Chus por dar voz con su rap a todas y a todos los alumnos del colegio. ¡A por el provincial! «Respeto, ese es el reto». Yo propondría otro rap:

Aparta tus sucias manos de mi hija / o te corto la picha.

Es asqueroso lo que te ha hecho, pero, fíjate, te va a servir. A partir de ahora acuérdate de lo que te digo, grábatelo a fuego: la gente no siempre es como dice ser; a veces es hasta lo contrario. Te pueden decir «te quiero» sin quererte, te pueden decir «te respeto» y despreciarte, te pueden decir «creo en la igualdad absoluta de derechos entre hombres y mujeres» desde un pedestal al que jamás te darán acceso. Así que ya lo sabes, alerta a las palabras, pero sobre todo a los hechos, alerta a ese machismo que es tan cotidiano que, aunque lo tengamos delante de nuestras narices, no conseguimos verlo. La sociedad nos lo vuelve invisible.

¿Por qué lloras, cariño?

¿No quieres ir al despacho del director? Alucino contigo, Iris. No te ha servido de nada todo lo que te acabo de decir. O sea, que prefieres seguir a disposición de Chus.

¿¡Qué!? Que ahora el problema soy yo. Mamá se dedica a decirte que yo mucho bla, bla, bla, pero que también tengo actitudes machistas, que no dejo hablar, que uso cierta violencia verbal, que mis palabras son la verdad absoluta e indiscutible...

¡Y encima tú estás de acuerdo con eso! ¡Tócate los pies, Mariloli! Te voy a decir una cosa, que parece que no te enteras: tu madre no tiene ni puñetera idea de feminismo.

¿Dónde vas, Iris?

¡¡Iris, vuelve aquí ahora mismo!!

¡¡¡¡Iriiiiiis!!!!

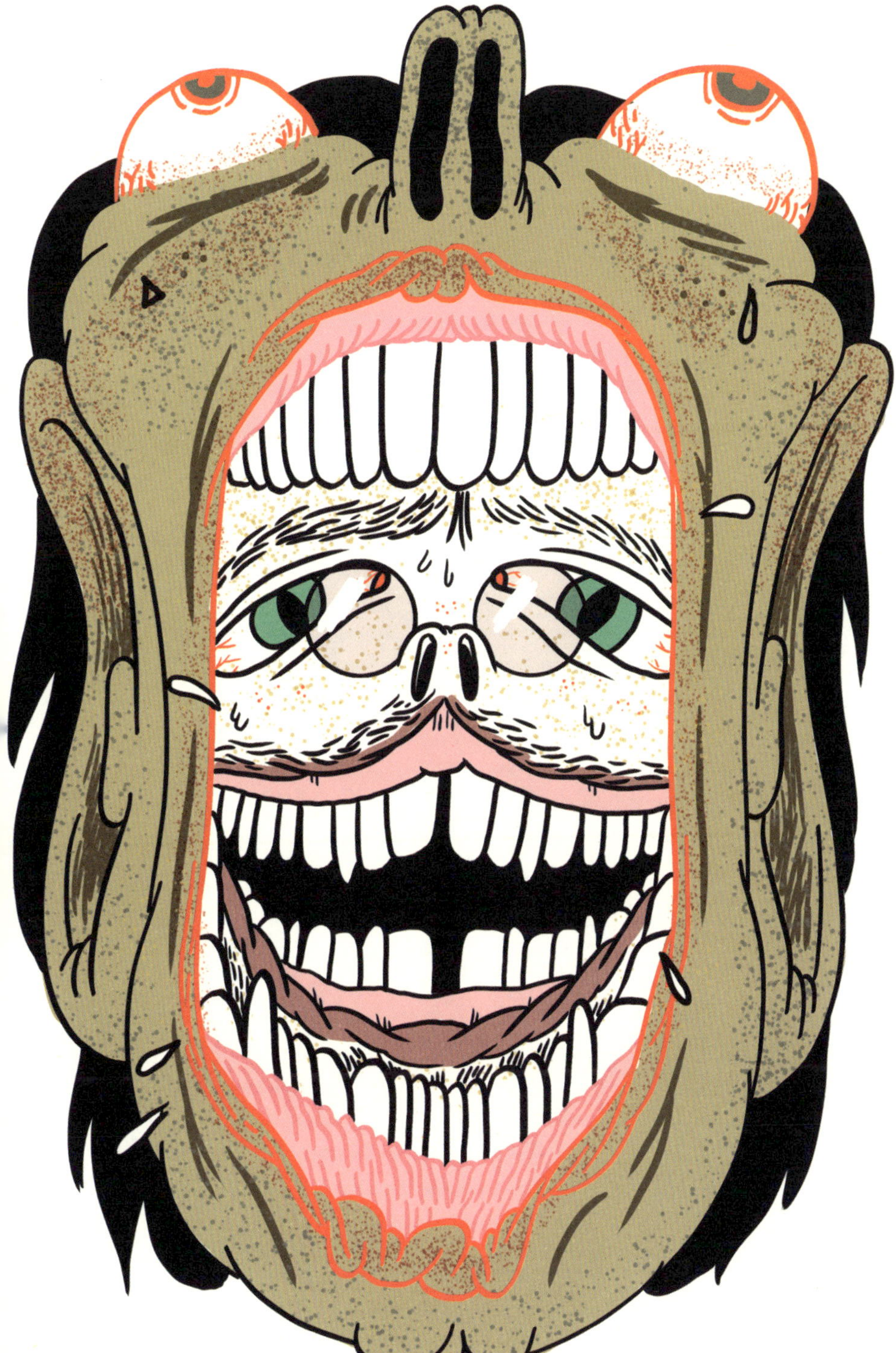

La respuesta

Un relato de Care Santos
ilustrado por Ana Oncina

© Elena Blanco

Care Santos (Mataró, Barcelona). Autora de casi treinta novelas, muchas de ellas dirigidas a jóvenes lectores. Premio Nadal de Novela 2017 con *Media vida,* Premio Ramon Llull 2014 con *Deseo de chocolate*. Ha recibido también el Edebé, el Gran Angular, el Alandar y el Protagonista Jove. Su obra ha sido traducida a 23 idiomas. Ejerce la crítica literaria y colabora en diferentes medios de comunicación.

care_santos
Care Santos

Ana Oncina (Elda, 1989). Sorprendía con su primer libro, *Croqueta y Empanadilla,* protagonizado por una entrañable pareja joven, reflejo de la de su creadora, que recibió el Premio Popular del Salón del cómic de Barcelona 2015. Tras el tercer título de *Croqueta y Empanadilla* coordinó junto a Alex Giménez la revista de cómic *Voltio*, donde participaba con su historia *Alicia*.

www.anaoncina.com
ana.oncina
ana_oncina
AnaOncina

La respuesta

Para Javier Cercas, él sabrá por qué

Durante décadas los científicos se preguntaron por qué. ¿Por qué la dominación de los hombres sobre las mujeres duró tantos siglos? ¿Cómo consiguieron apartarlas del poder, relegarlas a las tareas domésticas, menospreciarlas, ignorarlas? Y, sobre todo, ¿por qué ellas lo permitieron? Hace poco que hemos conocido la respuesta. No nos gusta.

Al principio sentía pena de mi hermana. Pobrecita, continuaba madrugando mucho. Seis horas seguidas de clase en el instituto y luego todas aquellas reuniones, y tanto por hacer a todas horas. Yo, en cambio, había comenzado a quedarme en casa, dormía hasta tarde, comía cuando tenía hambre —aún quedaban cosas en la nevera— y por la tarde salía a dar un paseo con mi padre, que estaba tan encantado como yo.

Los entrenamientos del equipo continuaban. Aquel año esperábamos ganar el campeonato. En el vestuario confirmábamos que todas las mujeres se habían vuelto locas. Nos burlábamos de ellas.

El primer fastidio fue tener que ir al supermercado. Mamá dijo que ahora era nuestra tarea, de papá y mía. Lo hicimos fatal. Por eso nos matriculó —sin preguntar— en los cursillos de tareas domésticas: cocina, limpieza, costura, organización de la despensa... Un día mi padre fue a retirar dinero de su cuenta bancaria, como había hecho tantas veces, y en la pantalla del cajero apareció un rótulo que decía «No está usted autorizado. Consulte con su banquera». La directora de la sucursal —de pronto todas las empleadas eran mujeres— le dijo:

—Necesitas un permiso por escrito de tu mujer. Son las nuevas leyes.

Ahora había nuevas leyes económicas que penalizaban con más impuestos a las empresas que contratasen hombres. Así que todos fueron despedidos.

—No pasa nada, cariño, si tú te quedas en casa nos ahorramos un montón de dinero en canguros y en señoras de la limpieza. Y así tendré la cena hecha cuando llegue del trabajo.

Para nosotros las cosas también comenzaron a ir mal la tarde en que llegamos al entrenamiento y la conserja nos dijo:

—Se ha suspendido.

—No puede ser —replicamos—. El sábado tenemos un partido importante.

—También se han suspendido los partidos. Todos. De hecho, el fútbol es ahora ilegal. Todos los deportes. Quien los practique será apedreado. Son las nuevas leyes —y se encogió de hombros, indiferente.

Como nos sobraba mucho tiempo (y además estábamos desolados) decidimos entrar en una cafetería y pedir un refresco, pero nada más vernos entrar, una camarera grande como un armario nos miró mal y nos preguntó:

—¿Venís con vuestras novias?

—No tenemos novia —dijimos.

Puso cara de lástima.

—Aquí no podéis entrar sin una chica. Podría ser vuestra madre. ¿Os acompañan?

—Nuestras madres están muy ocupadas.

Puso cara de tristeza.

—Entonces, no podéis pasar. Tenéis que buscaros rápidamente una novia. Si no, no podréis ir a ninguna parte, chicos.

Ninguno de nosotros tenía ganas de buscar novia. A pesar de todo, comprendimos que sería necesario.

—Son las leyes —añadió la vigilanta.

Había montones de leyes nuevas. Los hombres teníamos prohibido estudiar (excepto los cursos obligatorios de labores domésticas), o conducir vehículos, o tener nuestro dinero, o entrar solos en locales públicos. También votar o participar en política. Todos los presidentes eran ahora presidentas. Era obligatorio hablar utilizando los dos géneros, masculino y femenino. Si entrabas en cualquier parte y decías: «Hola a todos», inmediatamente eras detenido. Había que decir: «Hola a todos y todas». Comenzamos a hablar de otra manera, porque las denuncias eran cada vez más frecuentes. Decíamos: «La *mulier sapiens* es una homínida que...» o «La mujer pisó la Luna en el año...». Desaparecieron las películas, las series, los videojuegos, las novelas protagonizadas por hombres con un comportamiento inadecuado. Un comité supervisaba cualquier ficción literaria o televisiva. Todo se regía por leyes de paridad y corrección. Murieron los superhéroes. Los hombres ahora empuñaban escobas, plumeros, cucharones.

¿Y por qué no os rebelasteis contra ellas?, os preguntaréis, ¿por qué no las aplastasteis?

Lo intentamos. Sobre todo, al principio, cuando aún no sabíamos de qué eran capaces. Hubo varios intentos de sublevación, aunque nunca llegamos a saber cuántos ni dónde se produjeron. Solo fueron habladurías, conversaciones en voz baja. Por supuesto, ninguna televisión nos informó jamás (ellas controlaban ahora todos los medios de comunicación).

Supimos de un estudiante de ciencias muy brillante que intentó ir a clase como si no ocurriera nada. Entró y ocupó su antigua mesa, pero la policía se lo llevó antes de que llegara la profesora. Le apedrearon al día siguiente. Por lo visto, quería ser médico y no se resignaba a cambiar de planes. Un filósofo alemán de renombre se negó a admitir en público que los hombres somos una raza inferior y el tribunal ordenó que le cortaran la lengua. El caso más comentado, sin embargo, fue el del primer ministro canadiense, un hombre joven y guapo que le caía bien a todo el mundo, que se atrevió a negarse a ceder su puesto por la fuerza a los nuevos Comités de Lucha Femenina y fue ejecutado tras un juicio rapidísimo. Su muerte fue retransmitida en directo por televisión y repetida varias veces para que los hombres de los diferentes husos horarios del planeta pudieran aprender la lección.

Así que esta es ahora nuestra vida. Las reformas mundiales ya casi han concluido. Han sido diseñadas para prolongarse como orden único universal durante varios siglos. Ayer la nueva presidenta de las Naciones Femeninas dijo en televisión con voz de triunfo: «Es lo que los hombres se estaban mereciendo. Que les pusiéramos a fregar durante ochocientos años».

De modo que debemos resignarnos. Tal vez tratar de comprender qué hicimos mal. Puede que organizarnos (aunque eso será lento) para tratar de cambiar las cosas. De hecho, es lo que hicieron ellas. Durante décadas los científicos se preguntaron por qué las mujeres pasaron siglos supeditadas a los hombres. Pues bien, por fin conocemos la respuesta: aprendían de ellos. Se organizaban. Preparaban su venganza.

ana oncina

García y García

Un relato de Ana Alcolea
ilustrado por Alberto Gamón

© Enrique Fantova

Ana Alcolea (Zaragoza, 1962). Ha sido profesora de Lengua y Literatura y ha publicado más de veinte obras literarias, la mayoría dirigidas a público infantil y juvenil. Varias de sus novelas han aparecido en prestigiosas listas internacionales, como los White Ravens (Alemania) o la de la Fundación Cuatrogatos (Estados Unidos). Entre sus premios literarios, destacan el Premio Anaya 2011 y el Premio Cervantes Chico 2016.

alestedelcanal.blogspot.com
alestedelcanal
ana._alcolea
carlotacasanova

Alberto Gamón (Alcañiz, Teruel, 1974). Desde 1995 colabora en prensa y revistas ilustrando artículos. También realiza cubiertas para libros de narrativa. Ha publicado álbumes ilustrados en España, México, Chile e Italia. Su trabajo fue seleccionado para la muestra «Ilustrísimos. Panorama de la ilustración en España», en la Feria de Bolonia. Realiza talleres de ilustración para niños y adultos, colaborando en varios proyectos educativos.

© Mario Gros

www.gamongamon.com
Alberto Gamón Carranza
alberto.gamon

García y García

Cuando a los García les dijeron que esperaban mellizos, y que eran chico y chica, se acordaron de un acertijo que casi nadie solía acertar, y que a ellos les encantaba. Saber lo que los otros no sabían les provocaba el placer de sentirse por encima de los demás, aunque solo fuera durante los instantes que duraba la pronunciación de las palabras con las que ellos, que no habían sido nunca los listos de la clase, sino todo lo contrario, daban la solución de la adivinanza: «Pérez tiene un hermano. El hermano de Pérez muere. El hombre que ha muerto no tenía ningún hermano». Sí, aquello fue lo primero que les vino a la cabeza, aunque desearon que no hubiera sido así. Al fin y al cabo, a pesar del equívoco lingüístico que encerraba el juego, alguien moría dentro de las palabras, y eso les había producido cierta inquietud. ¿Acaso significaba que el niño moriría pronto? No. No fue así. Pero sustituyeron Pérez por García y empezaron a pensar en los dos bebés que pronto vendrían, con sus sonrisas, sus hambres, sus gritos, sus pises y sus caquitas.

Pasó el tiempo, llegaron y crecieron y les gustó jugar a los acertijos como a su madre y a su padre. No obstante, ellos hicieron su propia versión de la adivinanza favorita: «García tiene un hermano. El hermano de García se va a la Antártida.

Pero el hombre que ha ido a la Antártida no tiene ningún hermano».

Por supuesto, así les gustaba mucho más. Al fin y al cabo, no se moría nadie, aunque pasara más frío que un pingüino. Por supuesto, García y García vivían en un mundo en el que se hablaba de verdad, se veía a la gente de verdad, incluso las personas se besaban o ponían mala cara de verdad, y no mediante un dibujito ajeno pulsado en una pantalla táctil. De hecho, las personas incluso se tocaban de verdad, a través de los dedos de las manos. El aire servía para respirar, pero también para trasladar las palabras en forma de sonidos y no en forma de letras dentro de un minúsculo artilugio que se utilizaba para casi todo.

Por eso, a García y a García les gustaba hablar, jugar a las adivinanzas y cantar. Así que un día ambos decidieron ingresar en un coro. No en el del colegio, sino en el del barrio. Al principio, su padre le dijo a García que no, que mejor se apuntara a algo más útil, como el baloncesto o el fútbol. También le dijo que lo de cantar era cosa de chicas y que sus amigos se reirían de él si se enteraban de que se había inscrito en el coro. Por supuesto a García le dio absolutamente igual lo que su padre o sus amigos opinaran sobre sus gustos en cuanto a actividades extraescolares.

Por su parte, García se sentó en su silla preferida, que era de madera roja y que le había regalado su abuela cuando cumplió los siete años, edad que, según dicha señora, marcaba un antes y un después en la vida de las personas, ya que se trataba de una cifra mágica, relacionada con los ciclos lunares, con los días de la semana, con las Pléyades celestiales, con los pecados capitales, con los años de crecimiento económico y de crisis, incluso con los enanitos de los cuentos infantiles. García la llamaba «la silla de pensar», aunque no se sabe muy bien por qué razón. El caso es que aquel día se sentó y pensó. Pensó un buen rato, tanto que el sol se escondió en algún lugar del horizonte, bajo el mar, al otro lado de las montañas, incluso al otro lado de la casa de enfrente de los García, una casa horrible que no les dejaba ver el crepúsculo, el tramonto, el atardecer, el ocaso…

Lo que García pensó fue que hicieran lo que hicieran siempre habría algún «petardo» o «petarda» en el colegio, en el barrio, o donde fuera, que criticaría lo que hicieran. También pensó que tenían que aprender a que la opinión de los demás les importara un bledo, o sea, un ápice, o sea, un pito, o sea, nada de nada. Así se lo dijo a García, y García decidió continuar en el coro porque era lo que le apetecía. No obstante, dos horas a la semana García y García también jugaban al fútbol porque era bueno para coordinar las extremidades y para correr, y desde luego mucho más divertido que dar vueltas a una pista de deporte, una y otra vez, algo que les parecía monótono, aburrido y antinatural. Al fin y al cabo, darle patadas a un balón descargaba adrenalina de una manera bastante inofensiva, cosa que estaba muy bien.

—García, tienes que meter más aire en la tripa. Respirar con el diafragma. Si no lo haces, no conseguirás llegar a las notas más altas —le dijo un día el profesor a García—. Y aprieta más la tripa para llegar al re de la última escala.

—Hago lo que puedo, no me cabe más aire —contestó García.

—No te lo decía a ti, García.

—Me había parecido —dijo García.

—Pues no.

El profesor se acercó a García, le cogió la mano y se la puso en el abdomen para que sintiera el aire entrar y salir, y notara el movimiento.

—¿Lo ves? A eso me refiero. A ver, a ver —ordenó al grupo entero—, todos con la mano en el abdomen para hacer los ejercicios respiratorios.

—Yo pensaba que íbamos a cantar —protestó García.

—Si no hacéis estos ejercicios, no os saldrán las notas, y pareceréis gallinas en un gallinero en vez de cantantes de un coro.

—Pero es aburrido —protestó también García.

—Pues te aguantas.

Media hora después, García y García habían conseguido dar algunas de las notas más altas a las que una voz humana puede llegar: García había llegado al do sobreagudo, y García al re de la última escala. Salieron de la clase tocándose la tripa y haciendo que el aire que entraba y salía la moviera.

—Es divertido —dijo García.

—Pues sí —reconoció García.

—Y hemos conseguido no parecer una gallina —comentó García.

—Ni un gallo de corral —replicó García.

Desde ese momento cambiaron las palabras del acertijo: «García tiene un hermano. El hermano de García da un do sobreagudo. Pero el chico que da el do sobreagudo no tiene ningún hermano».

Naufragio

Un relato de David Lozano
ilustrado por Pedro Rodríguez

© Fernando Sánchez

David Lozano (Zaragoza, 1974). Compagina su trabajo como escritor y guionista con la docencia. Autor de novelas como *Donde surgen las sombras* (Premio Gran Angular 2006), la trilogía *La Puerta Oscura* o *Desconocidos* (Premio Edebé 2018). Comprometido con el fomento de la lectura entre los jóvenes, ha coordinado proyectos literarios como BookFever o LeerAragón.

f David Lozano Garbala
davidlozanog
davidlozanog

Pedro Rodríguez (Sevilla, 1973) ha estudiado Ilustración en la Escuela de Artes y Oficios Llotja de Barcelona. Es ilustrador y dibujante de cómics. Habitualmente trabaja para España, Francia y EEUU. Ha publicado más de 30 libros, alguno de ellos editado en numerosos países.

© Susana Guardiola

f Pedro Rodriguez
pedrorodriguezilustrador

Naufragio

RMS Titanic
Cubierta de Primera clase, 15 de abril de 1912, 00.45h

Hace frío. La calma en esa cubierta se resquebraja a cada minuto —como el casco del barco, dañado por un zarpazo de hielo— y una quietud agorera se impone al rumor del mar. Isidor Straus lo percibe con su serenidad de clase alta mientras la tripulación lanza órdenes, rodeada por siluetas que aguardan. «¡Mujeres y niños primero!», gritan los marineros una y otra vez. Su eco se pierde en la inmensidad del Océano Atlántico, cuyo tenue oleaje provoca destellos de cristal. En esas voces hay nervios y miedo, urgencia. Los tripulantes cumplen el protocolo de evacuación ante la mirada vulnerable de los pasajeros que pagaron más caro su pasaje en Southampton. La incredulidad y un resquicio de pudor frena el pánico; por eso no hay desorden, empujones ni violencia. Al menos, no todavía. No en la cubierta de primera clase, donde millonarios y estirpes de abolengo van llegando procedentes de sus camarotes de lujo con los chalecos salvavidas puestos. Ni siquiera ese atavío disimula lo opulento de sus ropas.

Tal vez, contemplando desde la cubierta el firmamento estrellado de su última noche, descubre Isidor Straus que las tragedias requieren su propio paisaje; un escenario a menudo ajeno a la inminencia de la muerte. Se le antoja injusto que el final vaya a sorprender a su familia en una madrugada tan apacible, bajo ese cielo limpio y en medio de unas aguas que mecen el barco con delicadeza, como arropando al herido que agoniza. Pero ya es tarde para reproches, decide. Solo cabe mantener la compostura de caballero; atrás queda el dinero, su éxito en los negocios, el brillo de los almacenes Macy's en Nueva York. La avidez del mar trae consigo una condena que debe acatar. Al menos, a sus sesenta y siete años, Straus considera que ya ha vivido la mejor parte de su vida. Y lo ha hecho junto a su amada esposa, Rosalie Ida, que continúa a su lado en esos momentos. Quizá el maduro empresario ha sabido desde el primer momento, desde la primera señal de alarma, que ya está muerto. A lo mejor, incluso, sus ojos se han cruzado con los del multimillonario John Jacob Astor IV, cuya inmensa fortuna tampoco lo va a salvar de ese naufragio, y han compartido en silencio la complicidad de los sentenciados. Hay algo levemente aristocrático en esa dignidad.

Straus piensa que tal vez, al menos, John J. Astor logre con su muerte escapar al escándalo que lo persigue entre la alta sociedad desde que, tiempo atrás, se divorciara de su esposa para casarse, a los cuarenta y siete años, con Madeleine, una joven de dieciocho que ahora lo acompaña junto a su perra Kitty y dos doncellas. Nadie sabe aún que la muchacha está embarazada, el matrimonio lo mantiene en secreto.

No será Straus quien juzgue a ese hombre que ahora se ofrece para ayudar en la preparación del bote plegable B, junto al tripulante Charles Lightoller. Metros más arriba, sobre el techo de la cámara de oficiales, oscila la primera chimenea del barco. No resistirá.

«¡Las mujeres y los niños primero!».

Los minutos siguen transcurriendo bajo el fugaz resplandor de las bengalas. A pocas millas, el carguero inglés RMS Californian no es capaz de interpretar esas luces en medio de la noche como una llamada de socorro. El trasatlántico se escora cada vez más, se rinde entre las aguas. No tardará en partirse en dos, hundiéndose para siempre. Acaba de arriarse el bote número siete con los primeros pasajeros que abandonan el barco. Ni Isidor Straus, ni su esposa Rosalie ni nadie de su servicio se encuentran en él. Les corresponde el número ocho.

Al fin, llega su turno. Un miembro de la tripulación les tiende una mano para ayudarles a subir a la embarcación.

—Usted también, señor —dice el oficial a Isidor, en atención a su edad.

El empresario rechaza la invitación con un gesto y Rosalie, que lo ve, interrumpe su movimiento.

—Muchas gracias —ha respondido Straus—, pero no subiré a ese bote antes que cualquier otro hombre.

No, mientras queden mujeres y niños en cubierta. El caballero se mantiene firme, es una cuestión de principios. Se vuelve entonces hacia su esposa, que aún no se ha separado de él. Ambos son conscientes de lo que su determinación implica en esas circunstancias.

Comienzan a escucharse gritos y carreras en otras zonas del barco. La pareja piensa en sus hijos, que por suerte no embarcaron.

—Sube, querida —Straus se ofrece a ayudarla—. Por favor.

En su ruego lee la señora todo el cariño, todo el calor que se han brindado durante tantos años de matrimonio. Rosalie le dedica una mirada definitiva.

—Hemos vivido juntos mucho tiempo, Isidor. Adonde tú vayas, iré yo.

Straus se permite insistir, sin éxito. Ella se quedará junto a él. Está decidido. La señora pide entonces al marinero que cedan a otra persona su sitio en el bote. La doncella, Ellen Bird, sí aprovecha la oportunidad y ocupa el suyo.

Ella se salvará.

Ya no queda nada por hacer. Nada que decir. Juntos, acompañados por John Farthing, el leal valet del caballero, Isidor Straus y Rosalie Ida comienzan a alejarse por la cubierta, cogidos del brazo. Los envuelve ahora un extraño sosiego. Apuran sus vidas, al margen del miedo que empieza a derramarse a su alrededor. No hay prisa ni incertidumbre cuando uno acude a su cita con la muerte.

Isidor Straus aún alcanza a plantearse, de camino a su camarote, si dispondrán de tiempo para una última copa.

Nota: Solo el cuerpo de Isidor Straus fue recuperado por el buque cableador Mackay-Bennett e identificado como el n.º 96. Sus restos fueron inhumados en el cementerio de Woodlawn, en el Bronx (NYC).

La educación sentimental

Un guion de Maite Carranza
ilustrado por Agustín Comotto

© Júlia Prats

Maite Carranza (Barcelona, 1958). Escritora, guionista, docente. Autora de *La guerra de las brujas* (2006), traducida a treinta lenguas, *Palabras envenenadas* (Premio Edebé 2010 y Premio Nacional de Literatura Infantil y Juvenil 2011), *La película de la vida* (Premio Vaixell de Vapor 2016, Premio Atrapallibres 2017) o *Una bala para el recuerdo* (Premio Crítica Serra d'Or 2017). Premio Cervantes Chico 2014. Presidenta de ESCRIVIM.

maitecarranza.com
Maite Carranza

Agustín Comotto (Buenos Aires, 1968). Ilustrador y autor de libros para niños y adultos, trabaja en el campo de la novela gráfica ilustrando en 2017 *155 Simón Radowitzky*, publicada en 5 países. Ilustra la colección de Maite Carranza *Victor lobacuto*. Vive en Corbera de Llobregat, pueblo cercano a Barcelona, desde 1999.

© Anna Canyelles

agustincomotto.com

La educación sentimental

Sec. 1.- Int/tarde. Habitación Álvaro

Habitación pequeña y algo opresiva, con una cama revuelta y una mesa ocupada por un ordenador. Las paredes están decoradas con pósters de futbolistas y el suelo está atestado de trastos: mochilas, zapatos, un patinete, ropa sucia (calzoncillos, calcetines, camisetas)...

Junto a la mesa de trabajo —repleta de botellas vacías de cerveza— se agolpan Álvaro (16) alto, moreno, con un cierto atractivo quizás por su tupé y su bronceado de deportista. Pablo (15), desgarbado y con granos, comiendo un bollo, y Diego (15), con gafas, menudo, nervioso y flaco, que sostiene una botella de cerveza llena sin atreverse a dar un sorbo. Los tres están sentados frente a la pantalla de un ordenador, absortos y embobados con las imágenes. Oímos unos gemidos procedentes del ordenador.

Diego

(Nerviosillo). Tío, baja el sonido, que canta mogollón.

Pablo

(Le arrea una colleja, sin dejar de mirar la pantalla y dando un mordisco al bollo). Calla ya y mira, atontao.

Diego

Pero si entra la madre de Álvaro y nos pilla...

Álvaro

(Va de anfitrión y entendido). Eh, ahora viene lo bueno.

Pablo y Diego abren unos ojos como melones y Pablo se atraganta con el bollo sin querer. La música asciende de intensidad y se oye un grito.

Diego

(Impresionado). ¡Uala! ¡Qué fuerte!

Pablo

(Sin acabar de creérselo). ¿Y eso, eso les gusta a las tías?

Álvaro

Se vuelven locas.

Diego

(Dando un trago a su botella, muy interesado en el tema). ¿Y por qué grita?

Pablo

(Dándole una colleja). Es que se te tiene que explicar todo.

Diego

(Mirando la pantalla). ¿Y no les duele?

Álvaro

A ellas no.

La voz de Marian se superpone sobre la imagen.

Marian off

Duele que te cagas.

<u>Sec. 2.- Int/tarde. Habitación Marian</u>

Habitación grande y con cortinas floreadas, pero igualmente desastrosa. Las puertas del armario abiertas y por todas partes bragas, sujetadores, zapatos y vaqueros desparramados por ahí.

Frente a un ordenador se sientan Marian (15), uñas y labios pintados y ropa ajustada, Vane (16), con gafas y rubia, y Rebeca (15), pelo corto, pecosa y aspecto de nadadora.

Vane

¿Y tú qué hiciste?

Marian

Grité.

Rebeca

¿Y por qué no le pegaste una hostia?

Marian

(Mosqueada con Rebeca). ¿Vas de lista?

Rebeca

Si a mí me hace eso sin preguntar le parto la cara.

Marian

(Con voz experta). ¿Te has mirado? Eres una amargada, por eso no tienes novio.

Rebeca

(Peleona). Ni ganas, si tener novio es perder la dignidad prefiero liarme con Vane.

Vane

Oye, tú, a mí no me metas...

Marian

(La experta). Mira, tía, estar enamorada es eso, no te importa ceder en cosillas porque es tu chico... ¿o no?

VANE

(Pensativa). A lo mejor, a lo mejor... tienes razón.

MARIAN

Pues claro, lo de Dani fue un fiasco. Eras una estrecha.

VANE

(Justificándose). Era muy joven, ahora, ahora he madurado.

MARIAN

Pues eso.

REBECA

(Escéptica). Si el sexo es para sufrir, no le veo la gracia.

La voz de Álvaro se superpone sobre la imagen.

ÁLVARO OFF

Les encanta sufrir.

<u>SEC. 3.- INT/TARDE. HABITACIÓN ÁLVARO</u>

Los tres miran con atención la pantalla. Pablo se revuelve nervioso en su silla. Álvaro, dando a entender que lo tiene superado, da un trago largo de cerveza con aire displicente, Diego está flipando en colores.

PABLO

Son muy raras las tías.

DIEGO

(Recolocándose las gafas para ver mejor). Pero, pero ¿Marian hace esas cosas?

ÁLVARO

Solo conmigo. Hace todo lo que le pido, por eso es mi novia. *(Celoso).* Y pobre de ella que lo pruebe con otro...

Pablo

(Muy interesado). Entonces, si una tía está colgada de ti, hace todo lo que le digas...

Álvaro

A veces finge que no, pero es para provocar.

Pablo

(Me lo apunto). ¡Genial! Si dice que no, ni caso.

Diego

¿Y la pancarta que colgó Rebeca en clase de «No es no»...?

Álvaro

(Despectivo). Qué va a saber Rebeca, Rebeca es una pardilla que repite las consignas de cuatro feminazis.

Diego

(Preocupado). ¿Y no te da corte la primera vez? *(Hablando de él).* Si eres novato y, bueno, no tienes experiencia...

Álvaro

Por eso miro pelis, tío. Se aprende cacho.

Pablo

(Sin perderse detalle). Mira y calla.

La voz de Marian se superpone sobre la imagen.

Marian Off

... y me hace mirar pelis con él... aunque no me gusten.

<u>Sec. 4.- Int/tarde. Habitación Marian</u>

Rebeca

Yo de verdad que no te entiendo, tía, pareces tu madre, sacrificándote por tu novio. Si lo del sexo no te gusta te declaras ameba y punto.

VANE

(Confesando). Pues, pues... a mí me gustó.

MARIAN

(Inquisitiva). ¿El qué?

VANE

El otro día, con Germán, ya os lo expliqué...

MARIAN

Lo tuyo no cuenta.

VANE

(Sorprendida). ¿Cómo que no cuenta?

MARIAN

Fue sin amor, ya me entiendes...

VANE

(Peleona). ¿Y cuál es la diferencia?

MARIAN

Si estás enamorada todo es más bonito aunque no lo sea...

VANE

(Dudando). Me pareció bonito.

MARIAN

Eso es que te enamoraste.

VANE

(Se sonroja). ¿Y?

MARIAN

Se lo pusiste muy fácil, tendrías que haber esperado a salir con él.

VANE

(Se enciende). ¿Estás diciendo que soy una guarra?

MARIAN

(Sabionda). ¿A que no te ha llamado más?

REBECA

¡¡¡Queréis parar!!! *(A Marian).* ¿No puede liarse con un tío en una fiesta?

AAAAAAAHHHRGGGGKHHUUU

Marian

(Belicosa). Yo lo hago porque Álvaro es mi novio y es lo que tengo que hacer, para que no se vaya con cerdas como Vane...

Vanesa suelta un tortazo a Marian. Marian la coge del pelo y ambas caen al suelo y arrastran con ellas el cable del ordenador y el ordenador. Rebeca intenta separarlas y las tres se enzarzan en una pelea donde no se sabe quién arrea a quién ni por qué.

Álvaro Off

Marian es dulce, comprensiva, sincera. Aunque, la verdad, paso de entenderla.

Clímax de gritos, sonidos, murmullos y música que se superpone a la imagen de las tres chicas peleando salvajemente.

The end

Metamorfosis

Un relato de Santiago García-Clairac
ilustrado por Gabriel Hernández Walta

Santiago García-Clairac (Madrid, 1944). Publicó su primer libro en 1994 y en 2004 recibió el Premio Cervantes Chico. En 2014 escribió un libro a cuatro manos con su hijo, también escritor. Ha publicado unos 40 libros, tiene 4 hermanos y espera vivir hasta 2044. Acaba de dirigir *El Cuarto Quijote,* escrito por escolares de Alcalá de Henares.

www.loslibrosdesantiago.com

Gabriel Hernández Walta (Melilla, 1973). Estudió Bellas Artes en Granada, dedicándose al terminar la carrera a la pintura y la ilustración infantil. Tras recibir el premio de cómic del INJUVE en 2002 decide dedicarse profesionalmente al dibujo de historietas, comenzando entonces una serie de trabajos para varias editoriales estadounidenses. Su trabajo más relevante es su participación como dibujante en la serie *La Visión* (Marvel).

gabrielhernandezwalta.blogspot.com
ghwalta

Metamorfosis

El joven estudiante Máximo Cuadrado se despertó una mañana convertido en una auténtica mujer.

Palpó su cuerpo para convencerse de que no estaba viviendo una pesadilla, pero los pechos, los muslos y el sexo le convencieron de que no había ningún error. No quedaba ni rastro de aquellos poderosos músculos ni de su físico masculino.

Máximo pensaba cómo había podido ocurrir una cosa así, qué clase de castigo se le estaba infligiendo, quién era el responsable de aquella trágica mutación, qué había hecho para merecer semejante castigo.

Por fin, cuando se repuso de la impresión, salió a la calle, donde notó las penetrantes miradas de algunos hombres.

Cuando llegó al instituto, ya había asumido su nueva condición.

—¿Eres la nueva alumna, verdad? —le interpeló Críspulo, el vigilante, clavando los ojos en sus pechos—. Bienvenida, preciosa… ¿Luz, verdad?

—Efectivamente, Luz —respondió con su nueva voz.

—Bien, nena, tu clase es aquella que está al final del pasillo —le indicó Críspulo, sin dejar de mirarle las piernas.

Máximo entró en el aula observado por sus compañeros, sobre todo por los chicos, que le examinaron de arriba abajo haciéndole sentir muy incómodo. Ignoró un par de silbidos que los más osados le dirigieron y se sentó en un pupitre vacío. Apenas un par de segundos después, Borja, el ligón de la clase, se sentó a su lado.

—Quiero darte la bienvenida a nuestro instituto, Luz. Me llamo Borja y seré tu guía, si te parece bien. Yo te protegeré de los moscones.

Sonrió sin decir nada. Pero notó que algunas chicas le miraban con recelo y se preguntó si le habrían reconocido. Al fin y al cabo, eran las únicas que le miraban a la cara.

—Por cierto, ¿juegas al tenis?

En ese momento, antes de que pudiera responder, el profesor entró en clase y se hizo el silencio.

—Buenos días, muchachos. Hoy tengo que anunciaros que nuestro compañero Máximo estará algún tiempo sin venir al instituto; en su lugar, tenemos a Luz, una nueva compañera. Espero que le deis la bienvenida. Aunque Borja ya se ha adelantado.

La clase estalló en risas.

Máximo estuvo a punto de hablar, pero se contuvo. Sabía que no le iba a servir de nada. Estaba convencido de que su etapa de macho alfa había caducado. Ahora era una de las más atractivas estudiantes y no le quedaba más remedio que aceptarlo y cumplir con su nuevo papel.

La primera jornada de clase fue una verdadera tortura para él. Los chicos no dejaban de mirarle por el escote, por debajo de la falda, el trasero... Le lanzaron toda clase de insinuaciones junto a varias proposiciones que le hicieron enrojecer...

Dos días después, Borja le invitó a jugar al tenis.

—Te sienta muy bien esa faldita —le dijo—. Te queda muy sexy.

Máximo dejó pasar el comentario y se centró en el juego. Siempre había sido un maestro y había ganado varios premios además del reconocimiento de sus compañeros. Sin embargo, aquella mañana, por mucho que se esforzó, no recibió más que reproches por parte de Borja.

—Mira, tienes que coger la raqueta de esta manera —le dijo en un momento determinado, apretando su cuerpo contra el suyo y poniéndole una mano sobre el hombro y la otra en la cintura—. Si quieres, te daré algunas clases privadas..., siempre que te vistas así.

Máximo, que no salía de su asombro, se mantuvo en silencio hasta que, de repente, pensó que las palabras de Borja le resultaban muy familiares. Era como si las hubiera escuchado antes, aunque era incapaz de recordar dónde.

—No olvides que juegas para cubrirme —le advirtió Borja, apuntándole con la raqueta—. Yo soy la estrella y tú me cubres. ¿Ok?

Al final, ganaron el partido y todas las felicitaciones fueron para Borja.

—Es una pena que Máximo no haya participado —dijo uno de sus contrincantes—. Pero tu nueva pareja no lo ha hecho tan mal.

—Luz ha hecho lo posible, pero tiene mucho que aprender —respondió Borja, exultante—. He tenido que esforzarme mucho para ganar.

Las jornadas siguientes fueron insufribles para Máximo.

Una noche, Borja y Máximo estaban en una fiesta que se celebraba en casa de un compañero de instituto cuando, inesperadamente, le metió en una habitación y cerró la puerta violentamente.

—Vamos a celebrar mi triunfo —dijo Borja con la frente sudada.

Máximo supo perfectamente lo que le esperaba cuando vio a Borja echarse encima de él, babeando. No le valió de nada resistirse. Borja era un gran deportista y poseía una fuerza descomunal. Y una chica como él no podía hacer nada para detenerle.

Le desabrochó la camisa y le arrojó sobre la cama. Dos minutos después, estaba en sus manos, sin poder defenderse.

Máximo estaba probando su propia medicina. Durante mucho tiempo había tratado a sus compañeras como muñecas sin voluntad, como juguetes con los que divertirse, ignorando sus opiniones y, sobre todo, sentimientos. Igual que Borja hacía ahora con él.

Mientras Borja le manoseaba a placer, deseó con todas sus fuerzas que, en cualquier momento, las cosas volvieran a ser como antes. Pero no sucedió nada. Los besos y las caricias de Borja eran muy reales. Notó como los labios y los pechos le escocían y el alma se le estremecía.

—¿Te gusta, eh? —decía Borja una y otra vez.

Máximo hubiera dado cualquier cosa por ser el de antes. Pero el destino le había jugado una mala pasada y no pudo impedir que Borja hiciera con él todo lo que le apeteció.

—No se lo cuentes a nadie, Luz —le advirtió Borja al final—. Esto es entre nosotros. No quiero dejarte como mentirosa.

Máximo tragó saliva cuando se dio cuenta de que las palabras de Borja que tanto le sonaban eran suyas, las había pronunciado él en su vida anterior, cuando era hombre y controlaba a las chicas del instituto.

De vuelta al salón, Máximo miró a su alrededor y, por primera vez en su vida, vio a sus compañeras como víctimas. Sintió una mezcla de miedo y vergüenza que le hizo llorar como no lo había hecho en toda su vida.

Pocos días después, Máximo se despertó una mañana convertido en un auténtico hombre. Los que le conocieron aseguran que ya no volvió a ser el mismo.

Como una cornada

Un relato de Alfredo Gómez Cerdá
ilustrado por Santiago Sequeiros

© Daniel Mordzinski

Alfredo Gómez Cerdá (Madrid, 1951). Autor de cuentos para primeros lectores hasta novelas dirigidas a público de todas las edades en diversos registros, entre la realidad y la fantasía, la acción y la denuncia social, el humor y la ternura. Autor difícil de encasillar, para quien cada libro constituye un nuevo reto. Ha recibido prestigiosos premios, como el Nacional de Literatura Infantil y Juvenil en 2009.

www.almezzer.com
alfredo.g.cerda

Santiago Sequeiros (Buenos Aires, 1971) Historietista y dibujero. Cursó estudios en la Escola Elisava de Barcelona. Ha ilustrado *El mercado y la globalización* y *Mongoles en Bagdad,* de Jose Luis Sampedro y artículos para *El Mundo* y *El País*. Premio Silver de la SND en EEUU y Autor Revelación del año en el Salón Internacional del Cómic de Barcelona. Autor de los libros *Ambigú, Nostromo Quebranto* y *To Apeiron*. Actualmente cincela, en piedra y carne, *Romeo Muerto.*

santiagosequeiros.blogspot.com
santiagosequeiros8
s.sequeiros

Como una cornada

Al poco de casarse, Ángel se lo planteó a Engracia:

—He pensado que vamos a comprar la *Enciclopedia Taurina*. Varios tomos encuadernados en piel, papel de calidad, fotografías, escritos por grandes especialistas...

—¿Desde cuándo te gustan los toros? —se sorprendió ella—. Estamos pagando la hipoteca del piso y...

—En el mueble del salón quedarán de maravilla.

—Hay cosas más importantes...

Ángel se levantó bruscamente del sofá y apuntó a Engracia con su dedo índice, amenazadoramente.

—¡Compraremos esos libros porque a mí me da la gana! —gritó—. ¿Entendido?

Era la primera vez que Engracia oía hablar a su marido así. Se sorprendió y también se asustó.

Aquel hecho fue el comienzo de una serie de actos violentos que, a medida que pasaba el tiempo, iban aumentando en intensidad y frecuencia: voces, gritos, salidas de tono, desplantes, amenazas... Después, llegó la primera bofetada.

Para Engracia fue tan duro recibir una bofetada que tardó en aceptar que hubiera ocurrido de verdad. Se miró en el espejo y, a pesar de que eran evidentes las huellas, trató de convencerse de que todo había sido un mal sueño.

Pero a la primera bofetada siguió otra, y otra... Engracia fue consciente de que no estaba soñando y de que todo tenía una explicación lógica: se había casado con un maltratador.

Pensó en los motivos por los que Ángel, ese hombre que parecía tan encantador cuando se casó con él, se había convertido en un repugnante maltratador. Siempre llegaba a la conclusión de que ella era la culpable del cambio.

Junto al complejo de culpabilidad, comenzó a sentir miedo. Terror de Ángel. Terror de sus reacciones imprevisibles. Terror a hablar y terror a callar. Terror a hacer una cosa y terror a hacer lo contrario. Terror a respirar e, incluso, terror a contener la respiración.

La vida de Engracia se convirtió en un infierno. Dejó el trabajo porque Ángel así lo decidió y se recluyó en casa, de donde apenas salía para hacer la compra cada mañana. Su casa se convirtió en una cárcel. Y aunque las rejas eran invisibles, o mejor dicho, inexistentes, no conseguía escaparse.

A diario, cuando quitaba el polvo a los muebles, se topaba con los gruesos tomos de la *Enciclopedia Taurina*, alineados en uno de los estantes. Eran grandes y pesaban tanto que el estante se había combado. Y cada día, cuando pasaba el paño, revivía los momentos de aquella primera discusión. Se arrepentía de haber puesto objeciones a su marido, a pesar de que, como ya sospechaba desde el principio, él jamás leyó aquellos libros. Salvo el primero, los demás conservaban intacta su envoltura de celofán.

A veces pensaba en los toros y los toreros. Las corridas le resultaban algo ajeno y las fiestas populares con toros, una salvajada. Pero, como todo el mundo, había oído hablar a algún torero por la radio o la televisión; siempre hacían alusión al miedo, al pánico que producía el toro en la plaza. A pesar de ello, se enfrentaban al animal. El miedo no les paralizaba, incluso podría llegar a pensarse que era el acicate que les impulsaba a vestirse de luces.

Ella pensaba que nunca sería capaz de vencer sus propios terrores. El pánico anidaba en su interior y, como si se alimentase de sus entrañas, crecía como un parásito.

Una tarde de verano, mientras Ángel se duchaba, Engracia se encontró en medio del salón sin saber qué hacer. Miró a su alrededor y sintió un vacío que le estremeció. Recorrió con la mirada las cuatro paredes y, sin saber por qué, se acercó al mueble librería y sacó uno de los tomos de la *Enciclopedia Taurina*, el único que no estaba envuelto en celofán. Lo abrió por la mitad. Observó una fotografía en blanco y negro en la que un torero citaba con la muleta a un toro, con todo el cuerpo en tensión, con la mirada fija en los ojos del animal.

Ángel salió del cuarto de baño desnudo, con tan solo una toalla anudada a la cintura. Se detuvo en seco al ver a su mujer con el libro entre las manos.

—¿Qué haces? —le preguntó.

—Ni siquiera los has hojeado en todos estos años —se atrevió a reprocharle a su marido.

Las palabras de Engracia encendieron a Ángel.

—¡Eso a ti no te importa!

—A veces pienso que estos libros tienen la culpa, pero después comprendo que no es así.

—¡¿Qué insinúas?! —bramó él. La toalla se desató y cayó al suelo.

Ella lo miró fijamente, con la misma mirada que había descubierto minutos antes en aquel torero de la fotografía en blanco y negro. Él no se arredró, era la bestia irracional y poderosa y, como de costumbre, decidió embestir. Lanzó su brazo con fuerza al rostro de su esposa, con la mano abierta; pero ella reaccionó a tiempo y esquivó con agilidad la cornada.

—¡¿Qué haces?! —volvió a bramar él, mientras disparaba de nuevo su brazo.

Engracia volvió a zafarse y, antes de que lo intentase por tercera vez, arrojó el tomo de la *Enciclopedia Taurina* a su marido. Y lo hizo con tanta fuerza y puntería, que el libraco se estampó contra su cabeza. Ángel acusó el impacto y cayó hacia atrás, estrellándose, primero, contra la mesa de cristal que había delante del sofá y, después, contra el suelo. Perdió el conocimiento.

El cristal de la mesa se había hecho añicos y uno de ellos, afilado y puntiagudo, había desgarrado los testículos de Ángel y luego, incrustándose en el muslo, le había segado la femoral.

El médico de Urgencias nada pudo hacer, pues ya hacía un rato que Ángel había muerto desangrado.

—¿Cómo ha sucedido? —le preguntó a Engracia.

—Salió del baño de darse una ducha y resbaló.

El médico asintió, dando a entender que no dudaba lo más mínimo de aquella versión de los hechos. Minutos después, ante las preguntas de un policía, volvió a ratificarse en la caída sobre la mesa como causa de la muerte.

—Como una cornada —explicó—. Un trozo de cristal le ha desgarrado los testículos y le ha seccionado la femoral. Como una cornada.

Sobre el estante combado del mueble librería estaban todos los tomos de la *Enciclopedia Taurina*. El primero sin la envoltura de celofán y con el lomo visiblemente golpeado.

El jardín de la falsa verdad

Un relato de Fernando Marías
ilustrado por Carla Berrocal

Fernando Marías (Bilbao, 1958). Novelista, editor, monologuista e inventor de conceptos culturales. Autor de *La isla del padre* (Premio Biblioteca Breve 2015) o *Cielo abajo* (Premio Anaya 2005 y Premio Nacional de Literatura Infantil y Juvenil 2006). Desde *Hijos de Mary Shelley* ha impulsado proyectos colectivos como *Hnegra* o *Frankenstein resuturado* (Alrevés, 2017 y 2018).

fernandomarias.com
Fernando Marías
fernandomarias16
fernandomarias

Carla Berrocal (Madrid, 1983). Estudia ilustración y diseño gráfico en Madrid. Escribe en *La Guía del Cómic* reseñas sobre tebeos, y colabora sobre el mismo tema en el programa radiofónico del Círculo de Bellas Artes. En 2004, publica su primer cómic y arranca su carrera profesional como ilustradora. Desde el año 2017 colabora en el periódico del Ayuntamiento de Madrid *M21 Magazine*.

www.carlaberrocal.com
pintamonas
Pintamonas
pintamonas

El jardín de la falsa verdad

Álex ama el Metro de Madrid. Lo suele contar así a sus amigos y a los compañeros periodistas de la cadena de televisión donde trabaja.

—Es como mi casa. Me he mudado cuatro veces en mi vida, pero el Metro ha estado siempre ahí. Y siempre estará, porque no pienso dejar de usarlo. Por bien que me vayan las cosas, siempre seguiré viajando en Metro.

Y, ciertamente, está más familiarizado con los vagones, andenes y escaleras o con el traqueteo del tren que con muchas de las calles del barrio donde vive. Suele viajar plantado en pie ante la puerta, ensimismado en la oscuridad del otro lado del cristal.

—Lo llamo mirar la velocidad negra. Es como una hipnosis. Me relaja. Me ampara. Ya digo: amo el Metro de Madrid.

En el trayecto de hoy, sin embargo, ha ocupado un asiento porque debe mandar varios mensajes desde el móvil y estará más cómodo. Se siente contento y orgulloso. Por fin, tras mucho intentarlo, ha logrado que un reportaje suyo alcance importante repercusión social: el crimen de *La tarántula del videojuego,* como lo bautizó él logrando que todo el mundo lo llamara así, ocurrió en su barrio, a dos calles de la suya, y tuvo la suerte de que la cadena le mandara acudir a cubrirlo junto a un cámara. Narró como si fuera una novela negra el asesinato del propietario de la tienda de videojuegos a manos de su novia, *la tarántula*, y consiguió convertirlo en un éxito. Sus tres reportajes emitidos hasta la fecha han acumulado una audiencia creciente. Ahora va camino de grabar el cuarto, la entrevista exclusiva con un amigo de la víctima que aseguraba tener datos sobre el pasado oscuro de *la tarántula*.

Álex está tecleando un mensaje para el cámara cuando entra en su móvil un wasap desde un número desconocido.

—Hola, Álex. Te vi ayer en la tele, tienes un aspecto estupendo.

Sonríe. La fama le gusta, ¿para qué negarlo? Desde que empezó el caso de *la tarántula* le han felicitado muchísimos conocidos y bastantes desconocidos.

¿Quién será este? ¿O esta?

—Gracias. Pero ¿quién eres? No te tengo en la agenda.

—Claro que no —le responde el desconocido—. Hace mucho que no nos vemos. Desde la facultad.

—¡Qué recuerdos! —contesta Álex con un toque desenfadado—. ¿Y cómo es que me escribes ahora? Me viste en la tele...

—¡Y quién no! *¡La tarántula del videojuego!* En la tele y ahora... Te estoy viendo ahora. Aquí, en el vagón.

Álex, instintivamente, alza la vista para reconocer a su admirador o admiradora. Busca una sonrisa amiga, pero en el vagón solo hay quince, tal vez veinte personas, ocupadas cada una en lo suyo. Diez o doce sentadas, media docena de pie, casi todos con la vista clavada en la pantalla del móvil, otras dos leyendo un libro, una en *ebook* y otra en papel, y tres más con la mirada entretenida en cualquier cosa. Nadie le mira. Con cierto recelo, teclea:

—¿Aquí, en el vagón del Metro?

—Aquí, sí. Llevas una camisa roja con puntitos blancos y las gafas de sol sobre la frente.

Absurdamente, Álex se saca las gafas y, sin saber muy bien por qué, las encaja en el cuello de la camisa. Casi en el acto, las vuelve a coger y las coloca sobre la nariz. Se siente algo ridículo, pero sus ojos están ahora ocultos bajo los cristales oscuros. Alza la vista. Nada, nadie le mira. Pero puede estudiar con relativa impunidad a los viajeros en busca del desconocido o la desconocida. Descarta a las dos lectoras, la mujer madura del libro y la chica del *ebook,* en todo caso demasiado joven para haber estudiado con él.

Entra otro wasap:

—¿Quién seré, de entre las veintidós personas que estamos en el vagón? Tú estás descartado, claro. Seguro que has eliminado también a las dos mujeres que leen, al hombre que está de pie junto a la puerta y a la pareja con el bebé.

—¿Qué quieres? —escribe Álex, y rápidamente alza la vista para pillar al otro tecleando en su móvil. Pero es inútil, son once las personas que teclean en el móvil: cinco hombres y seis mujeres.

—Felicitarte por tu éxito. En la facultad ya decías que ibas a ser un periodista famoso. Y lo has logrado, mírate. Yo no, yo fracasé. Desde hace cuatro años trabajo en el bar de mi hermano. Ahí, mientras ponía cañas, te vi el otro día hablar de *la tarántula.* Qué casualidad encontrarte hoy.

Álex, incómodo y algo irritado, decide no responder. Quedan solo dos estaciones hasta su destino. El desconocido, está claro, es un envidioso. O una envidiosa. Ni caso. Pero, aún con su decisión tomada, no puede evitar mirar la pantalla cuando entra otro wasap.

—Álex, tú, que se supone que eres un periodista serio,

¿por qué estás haciendo este circo? ¡Ese nombrecito de *la tarántula,* como si fuera una película mala de miedo!

Otra parada. La siguiente es ya la suya. Se propone no responder a la provocación, pero entra un mensaje nuevo y no puede evitar bajar la vista para leerlo.

—¿Por qué no haces el mismo circo, tú y tus amigos de esa tele sensacionalista, poniendo también motes a los hombres que asesinan a sus parejas cada semana? No sé... *El caso del fontanero loco, El caso del abogado letal, El caso del camarero iracundo, El caso del camionero del amanecer...* También podíais rebuscar y rebuscar en el pasado de esos hombres para demonizarlos, pero nunca lo hacéis. Álex, deja que te haga una pregunta.

Por fin el tren entra en la estación. Álex sale al andén antes que nadie, lo que no le impide escuchar que ha entrado otro mensaje.

—¿Por qué a ti, que querías ser periodista, ha dejado de importarte la verdad?

El tren parte. Álex lo ve alejarse, llevando dentro al fracasado envidioso. O a la fracasada envidiosa, qué más da.

Borra la conversación y sale repasando mentalmente el guión de la nueva entrega del caso de *La tarántula del videojuego.*

Con suerte, hoy logrará aumentar la audiencia.

La segunda vez

Un relato de Nando López
ilustrado por Javier Olivares

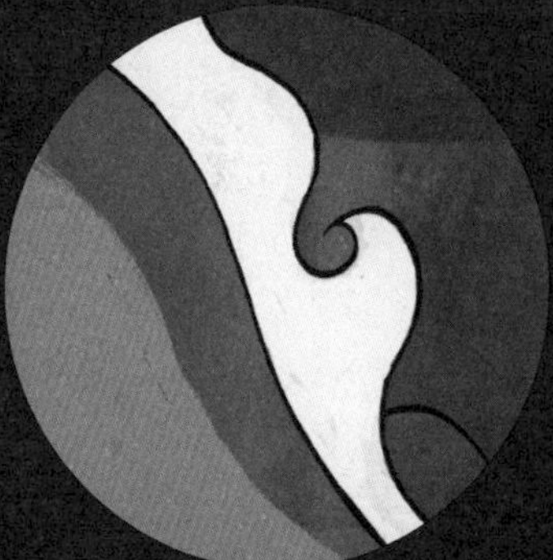

© Lourdes Cabrera

Nando López (Barcelona, 1977). Novelista y dramaturgo. Entre sus novelas destacan *La edad de la ira, Cuando todo era fácil* o *El sonido de los cuerpos* y las juveniles *Nadie nos oye* o *Los nombres del fuego.* Como dramaturgo de éxito internacional ha estrenado *#malditos16* (candidata al Premio Max a Mejor Autoría Revelación), *Barro* (coescrita con Guillem Clua) o *Cuando fuimos dos.*

www.fernandojlopez.es
nandolopezautor
nandojlopez
Nando_J

Javier Olivares (Madrid, 1964). Dibujante de historietas e ilustrador. Comenzó en la revista *Madriz* en 1984 y desde entonces ha publicado numerosos álbumes e ilustrado libros para niños y para adultos. Trabaja como ilustrador de prensa y ha impartido talleres en España y el extranjero. En 2016 recibió, junto a Santiago García, el premio nacional de cómic por la novela gráfica *Las Meninas.*

© Carlos Naranjo

javierolivaresblog.blogspot.com
javier.olivares.142
olivaresilustra

La segunda vez

Han pasado dos años, tres institutos y dos ciudades.

Pero todavía duele.

Ya no me pregunto si dejará de hacerlo.

Con que el recuerdo se vuelva borroso bastaría.

Lea cree que sería más fácil si no tuviese conmigo la palabra.

No lo juzga, claro.

Por eso es la única amiga de verdad que he tenido en dieciséis años: porque no me juzga. Pero es sincera.

Hay demasiada gente dispuesta a mentirme a mi alrededor. Gente convencida de que, si edulcora la realidad, dolerá menos.

Por eso me grabé la palabra. Para que no me mientan. El momento en que la escribí lo recuerdo tan bien como el motivo.

Acababa de llegar a casa.

Sola.

Mis padres habían salido esa noche.

Si Lea me hubiera visto, no me habría permitido meterme en la ducha.

«Qué mierda que no te conociera entonces, Iria...».

Se muerde con rabia el labio inferior, cierra los puños y yo le respondo con una mueca que se parece a una sonrisa. Es un gesto que no se me da bien y, aunque me esfuerzo, no me sale natural. Lea alarga su brazo izquierdo y lo acerca como si quisiera cogerme por los hombros. O acariciarme. No sé bien lo que intenta porque yo me aparto antes. Preferiría mantenerme quieta, pero algo me obliga a levantarme y a buscar otra posición donde no haya contacto físico.

Ella no se lo toma a mal. Es dos años mayor que yo y sabe algo más de la vida. O, por lo menos, es capaz de ver cosas que los demás ni siquiera llegan a imaginar.

«Vas a superarlo».

«Lo dejarás atrás».

«Este curso irá mucho mejor».

Cuando me lo repiten, mi palabra arde tanto como el día que la marqué en mi piel.

En mi muslo derecho. Al borde de la ingle.

Se revuelve la M. La A. La R.

Es lo primero que pensé.

Imaginé un mar que los arrastrara a ellos.

Que me tragase a mí. Que lo limpiara todo.

«No lo entiendo», a Lea le cuesta contenerse cuando lo hablamos, «¿por qué tuviste que borrar las pruebas?».

Eso mismo me repitió aquel agente.

Y el jefe de estudios.

«Por no hablar de la foto...», el oficial ladeó la cabeza en señal de desaprobación mientras señalaba mi móvil. «¿Él te obligó a enviársela?».

Me habría gustado pedirle a mi madre que saliera del despacho, pero ella se quedó allí, a mi lado. Y yo intenté explicarles que cuando la mandé, Saúl y yo aún estábamos juntos.

Pero para que pudieran comprenderlo, habría tenido que remontarme mucho antes de aquel wasap. A los días en que me sentía sola. Las mañanas en que me ahogaba por culpa de la ansiedad cuando sonaba el timbre. Ese maldito 6.º de Primaria donde creí que jamás encontraría un lugar sin silencios que me anularan.

En el instituto vi mi oportunidad: al fin podía inventarme otra Iria. Entonces conocí a Saúl. Y puse esa mueca estúpida que no es una sonrisa aunque pretenda serlo.

Eso era todo lo que quería contarles en aquel despacho. Cómo sentí que, saliendo con él, podía vengarme de tantos silencios.

Cuando pienso en esa mañana la M se abre un poco.

Incluso brota una gota de sangre de una de sus esquinas.

Sus preguntas me hicieron revivirlo todo en aquel despacho minúsculo. Claustrofóbico.

La mirada llena de dudas del jefe de estudios. El escepticismo del agente.

La M se agrieta. Se rompe como ese mar que nunca pude ser.

Contarles cómo me había chantajeado Saúl me dolió tanto como quedar con él para suplicarle que borrara aquellas imágenes. Porque mientras me interrogaban me sentía indefensa, igual que cuando descubrí que él no había venido solo y trataba de convencerlo de que me dejase en paz mientras su amigo me miraba las tetas. Al final, salí tan humillada de su interrogatorio esa mañana como del descampado aquella tarde. La tarde en que dos animales me acorralaron a cambio de borrar unas malditas fotos.

Dos veces. Me violaron dos veces.

La primera, dos tíos de mi instituto en un descampado.

La segunda, un montón de gente en un despacho.

«Se inventa historias para ser popular», dijeron en mi clase. «Está confundida. Teme vuestra reacción», les aseguraron a mis padres en Jefatura. «Envió esas fotos por voluntad propia. Además, el día de los hechos habíais bebido, ¿verdad, Iria?», me acusó el agente.

La A palpita debajo del vaquero. Arde.

Había bebido, sí. Claro que había bebido. Como cualquiera de mi instituto.

Porque todos estamos igual. Perdidos. Solos. Experimentando. Con ganas de apurar la tarde del sábado hasta que llega la hora de volver a casa.

Los padres se creen que si tienes hora estás a salvo.

Como si el horror solo pudiera ocurrir de madrugada.

«¿Dijiste que no, Iria?».

Como si la vida no se pudiera torcer a plena luz.

«¿Opusiste resistencia, Iria?».

Eso fue a plena luz.

Entre los restos de un botellón al que acudí obligada y bajo un sol que me cegaba a la vez que ellos me asían con fuerza y se restregaban sobre mi cuerpo.

Contra mi voluntad.

Al poco cambié de instituto. Pero la memoria digital se vino conmigo, así que el siguiente cambio no fue solo de centro. También de ciudad. Mis padres lo decidieron el mismo día que vieron la palabra en mi muslo.

Estaba a punto de escribirme la siguiente en la otra pierna, pero mi madre entró en el baño antes de que la hoja del cuchillo penetrara mi piel.

Así fue cómo vinimos a parar aquí. Y así conocí a Lea.

No sé si este vacío llegará a abandonarme.

Por ahora, con que las letras dejen de abrirse me conformo. Y Lea me ha prometido que eso va a suceder.

«Solo necesitas tiempo, Iria».

Si me refugio en nuestra amistad, mis tres letras se calman. La palabra me escuece un poco menos.

Y hasta imagino que alguna vez, aunque ni siquiera sepa bien qué significa eso, sí llegaré a ser mar.

La libertad de Penélope

Un relato de Antonio Lozano
ilustrado por Anu Jato

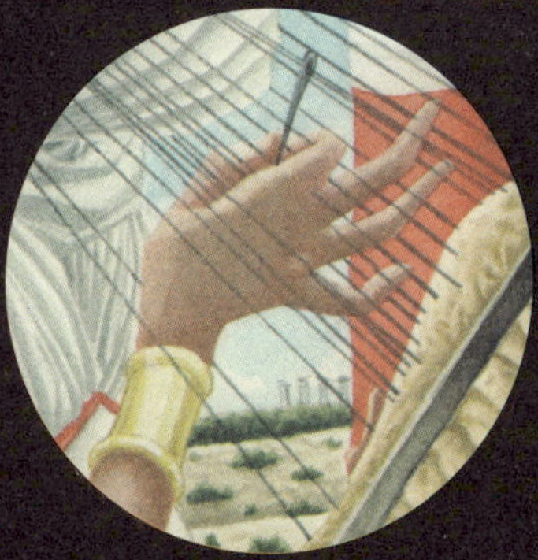

© Carolina Lozano

Antonio Lozano (Tánger, 1956 - Las Palmas de Gran Canaria, 2019). Autor de nueve novelas, un libro de viajes y tres obras de teatro. Algunas de sus obras son *Harraga*, *Donde mueren los ríos*, *El caso Sankara* (Premio Internacional Ciudad de Carmona), *Las cenizas de Bagdad* (premio Benito Pérez Armas) y *Me llamo Suleimán*. Su última novela, *Nelson Mandela, el camino a la libertad*, ha sido publicada por Anaya en 2018.

Anu Jato (Madrid, 1973). Pasó por la Escuela de Artes Aplicadas y Oficios Artísticos en Las Palmas de Gran Canaria y Madrid. Tras numerosos trabajos como ilustradora y dibujante, contó en *Canarias 7* con su propia tira cómica semanal, *Lola Rex*. En 2003 entró en el mundo del cine de la mano del Festivalito. Ha intervenido como productora ejecutiva y responsable del departamento de arte en cortometrajes y otros proyectos.

La libertad de Penélope

Cada día que pasaba me resultaba más insoportable. Iban a cumplirse cinco años del final de la guerra y yo seguía encerrada en casa, acorralada por decenas de pretendientes que reclamaban la aceptación de mi viudez, cada uno de ellos con el mismo propósito: casarse conmigo, hacerse con mis pertenencias y, de paso, con el trono de Ítaca que deja vacante, al no regresar Odiseo, mi marido.

Lo peor es que convertían su comparecencia diaria en un festín que se prolongaba durante horas y que organizaban a mi costa, exigiéndoles a mis criados que escanciaran vino de nuestras bodegas y sacrificaran corderos de nuestros rediles. A ese ritmo amenazaban con acabar con nuestras reservas, y aquello no hacía sino incrementar mi mal humor y sobre todo el de mi hijo, que se veía desbordado por tanto desmán, incapaz de controlarlo, de contener el desafuero de los invasores del hogar mientras, al mismo tiempo, luchaba por defenderme de sus exigencias sobre una viudez que tampoco él estaba dispuesto a reconocer.

Si he de decir la verdad, los motivos por los que no dábamos nuestros brazos a torcer eran distintos, aunque yo me guardaba de desvelarle los míos.

Él tenía claro que yo debía preservar la fidelidad a su padre, al menos mientras la esperanza de que siguiera vivo se mantuviera. Aprobó mi estratagema de que, hasta no terminar el sudario que estaba tejiendo para el rey Laertes, no elegiría entre los pretendientes aquel que habría de sustituir a Odiseo. Mi hijo y yo éramos los únicos en saber que, cada noche, yo deshacía el trabajo realizado durante el día, para hacer así inacabable su obra y por lo tanto la espera de mis pretendientes.

Sí, claro que mi hijo aprobaba mi astucia, y se enorgullecía de mi virtud de fiel esposa, mas él no podía saber que mis pensamientos volaban bajo otros cielos, aquellos en los que yo contemplaba el deseo de ser una mujer libre, de yacer con aquellos hombres a los que mi libre albedrío invitara a mi lecho. Unos cielos transparentes que dejan traslucir horizontes lejanos y nuevos, paisajes nunca vistos, mundos soñados que una vida encerrada en un palacio de Ítaca han hecho inalcanzables. Unos cielos límpidos que invitan, en todos los momentos del día, a deshacer las cadenas que me atan a un cónyuge cuyo rostro ha sido borrado de mi memoria por el paso de los años, del que el amor se ha desprendido como la piel del lagarto en el invierno para renovarse, renacer a un mundo nuevo, aunque este no exista para mí. Mi sino parecía ser el de la espera infinita, el tedio, la resistencia al acoso constante de hombres que yo no deseaba.

Esas eran las nubes de los cielos de los que hablo, estratos afilados y nimbos oscuros que por momentos los cubrían por entero, privándome de cualquier esperanza. Pero pronto la tormenta pasaba y de nuevo me convencía, ante el esplendor de un nuevo día, de que mi destino me pertenecía y de que en mis manos estaba abrirle camino. Tanta fue mi convicción, tan poderosa mi determinación, que un día en el que fui a saludar a la cohorte de pretendientes que vagaba por las estancias de mi palacio, me acerqué a uno de ellos, el único entre todos que había despertado mi atención y mis sentidos, y le dejé, con extremado disimulo, un papel entre sus dedos.

Puedo imaginar su maligna sonrisa al leer el contenido de la misiva. En ella le invitaba a mis aposentos y le describía un plan detallado para llegar a ellos con la discreción necesaria para que nadie tuviera noticia de ello. Lo contrario habría provocado un gran escándalo. Tras la primera noche pasada juntos me sentí al fin dueña de mi vida, aunque sabía que esta no sería del todo mía hasta que me encontrara fuera de mi morada, que más bien debería llamar cárcel. El simple hecho de tener entre mis brazos a un hombre distinto al que siempre había abrazado, habiéndolo escogido yo, me hizo temblar de gozo y de felicidad. Mas pasadas varias noches, durante las que repetimos nuestros encuentros, fui percibiendo en él el orgullo masculino de haber sido el elegido, ese orgullo que parece hacer sentirse a muchos hombres dueños del destino de la mujer que creen haber conquistado. Y me di cuenta de inmediato de que el primer paso había sido dado en la mala dirección, ya que no era mi pretensión la de cambiar a un amo por otro, sino iniciar la travesía por esos nuevos cielos y embriagarme con la libertad de hacerlo, sin llevar más dueño a mi lado que mi plena voluntad de mujer libre, libre de cadenas, libre de mandatos y sumisiones.

Así fue como decidí emprender el vuelo en solitario, con la complicidad de una noche de luna esplendorosa. Sobre la carta que dejé a mi hijo cayeron algunas de mis lágrimas:

Si alguien te cuenta que morí de pena, niégalo. Mi llanto fue pasajero porque mi horizonte no está hecho de noches de espera; no soy mujer para tejer y destejer ni velos ni desvelos, sino para recorrer libre mi vida y nuestro mar, respirar las costas de olivo y hierbabuena, libar el vino del levante y hallar el amor en las dos orillas. Que no busquen en mí a Penélope, y si ves a Odiseo, dile que le auguro buena ruta: que el etesio y la tramontana lo lleven al puerto de sus deseos, el mío se llama libertad y se encuentra lejos de él. Si algún día regresa a Ítaca, que no pregunte por mí, solo hallará retales del pasado. Quizá me encuentre en Tánger, quizá en Marsella, quizá en Beirut, pero siempre llevaré la cara descubierta para mirar a los hombres con los mismos ojos con que ellos me miran a mí. Habré dejado de ocultarme en mi isla: no me llames Penélope. Iraida seré, o María, e iré acompañada de otras como yo, mujeres de ambas riberas que llevan por únicas cadenas guirnaldas de romero y azahar.

El primer paso

Un relato de Ana Campoy
ilustrado por Juan Miguel Aguilera

© Carlota Echevarría

Ana Campoy (Madrid, 1979). Escritora, periodista y guionista. Autora de las colecciones *Familia a la fuga*, *Alfred & Agatha* y de las novelas *Todo eso que nos une* y *La Cronopandilla* (Premio Jaén 2017). Sus libros se leen en Francia, China, Italia, Grecia, Polonia, Turquía, Rumanía y Eslovenia. Coordinadora LIJ del Festival Celsius 232, dedica su vida a la literatura.

anacampoy.com
Ana Campoy Escritora
campoyana
anacampoy

Juan Miguel Aguilera (Valencia, 1960) es ilustrador y escritor. Ha ganado los premios Ignotus y Celsius en España, el Imaginales en Francia, el Juli Verne y el Bob Morane. La película *Stranded*, basada en su guion, ganó el Meliés de Plata en el Festival de Cine Fantástico de Roma. En 2017 ganó los ESFS Awards en la categoría Best Work of Art, con la cubierta *The 1000 Year Reich.*

www.juanmiguelaguilera.com
Juan Miguel Aguilera escritor
juanmikelaguilera
JuaNMiAguilera

El primer paso

N*ave Phoenix a Houston. Terminada fase de aproximación. Preparados para aterrizaje sobre la superficie de Marte. Iniciamos cuenta atrás: diez, nueve, ocho...*

Logan amarró los cinturones de su silla y se recostó esperando el impacto de entrada en la atmósfera. Había sido un camino muy largo desde la Tierra, más lejos de lo que nadie había llegado, y estaban a punto de culminar la ansiada llegada al planeta.

Antes de cerrar los ojos, realizó la última inspección sobre Diane y comprobó que la postura de su compañera era la correcta. Como capitán le correspondía hacer ese tipo de tareas. La misión a Marte era un hito. Una muesca más en la historia. Y ahora, apenas a doscientos kilómetros de su destino, se sentía pletórico ante aquella responsabilidad.

La cápsula descendió cada vez más rápido y Logan percibió el sonido de la atmósfera rozando el exterior. Era extraño notar las ondas acústicas afuera. Tras tantos meses de vacío inhóspito, aquel zumbido se le hacía raro. Observó el rostro de Diane, serio e imperturbable. Permanecía quieta, mirando fijamente hacia el techo de la cápsula. Logan se dijo que no debía mostrarse más endeble que ella y cambió de idea: mantendría los ojos bien abiertos.

El espacio había sido su eterna constante. Una meta a conseguir desde que la Luna empezó a fascinarle. Recordaba a su padre admirando el satélite y sus ojos en consonancia con la orilla nocturna. Los años de colegio, las tardes de estudio, los días de adolescencia cuando el resto de los chicos buscaban en sustancias lo que él obtenía calculando sobre el papel. Estrés, nervios, competidores. Para Logan fue muy difícil alcanzar la nota más alta. Justo la que se esperaba de él.

Tras un breve encendido de motor para ralentizar el amartizaje, la cápsula descendió hasta tocar el suelo del planeta lejano. Todo el proceso había sido automatizado. Diane y él solo habían tenido que aguantar y esperar. Contener la emoción. Después, cuando la pantalla les confirmó que la operación había sido un éxito, Logan pulsó sobre el panel y la misión entró en la siguiente fase: la llegada. Diane y él descenderían en una plataforma hasta la superficie y él sería el primero en colonizar lo que en su imaginación ya era una realidad.

Estaba apenas a un paso. Demostraría a todo el mundo que él, el único, el que había luchado por erigirse como el mejor, por fin lo había conseguido. Toda su existencia cobraba sentido. Había llegado el momento para el que estaba destinado.

Logan notaba la emoción palpitando en su cerebro privilegiado. Estaba a punto de hacer historia. Sabía que a su regreso le tratarían como a un Dios. No solo por haber pisado Marte, sino por haberlo hecho el primero. La humanidad es así: alaba el primer paso, al colonizador, al que abre camino, la punta de flecha, el innovador. Años después venerarían su figura. Pondrían su nombre a las escuelas. Cristóbal Colón, Neil Armstrong y él. El tercer conquistador.

La astronauta Diane Dalloway inspiró profundamente y se transportó hacia un instante de paréntesis. Aún se sentía fascinada por aquella inmensidad. Recordaba la primera vez que la había sentido. Fue durante su primer paseo espacial alrededor de la Tierra y jamás podría olvidarlo. La luminosidad azul lo inundaba todo. Aquella grandiosidad. La esfera fascinante.

Entonces Diane había sentido que dominaba el tiempo desde su minúsculo lugar en el espacio. Como una araña pendiendo de una lámpara. El horizonte curvándose sin fin y alrededor ella y la oscuridad. Separada por un traje de tela de la ingravidez eterna.

Siempre creyó que aquel había sido su objetivo final, para el que había estado destinada, sin pensar que la vida le reservaba una experiencia todavía mejor: Marte. Quién iba a adivinarlo. Apenas faltaban unos metros para que la humanidad, la civilización entera, consiguiera, al fin, lo que muchos habían soñado.

Si se lo hubieran dicho a su madre, que siempre cargó sola con todo. O a su abuelo y sus consejos, como que buscara un hombre decente. O incluso a la tía Olivia y su cara al enterarse de que la pequeña Diane no quería estudiar literatura, sino ingeniería, que no pensaba en casarse sino en ser científica. La tía, que le pagó la universidad porque su madre no podía hacerlo. Porque su sueldo de secretaria no daba para tanta candileja. La tía Olivia, que le alentó las esperanzas por la noche mientras la alimentaba por el día.

Los recuerdos a partir de entonces eran como un racimo de uvas jugosas en el que de vez en cuando se encuentra alguna reseca. Sus notas impecables, las miradas en clase, su nombre en la lista de las que tenían más delantera. La sucesión de becas, el doctorado, las primeras publicaciones. El equipo, el ninguneo en las reuniones, mil puertas que se cierran. Una que se abre. Las palabras de su madre: nunca salgas sin pintalabios, porque cura los días malos y las imperfecciones. Y en tu puesto, Diane, hay que estar impecable. El director de la tesis, su caballerosidad y sus extraños masajes. Incómodos, intempestivos. Desagradables.

Había sido duro, sí. Pero nada que no hubiera imaginado. Era lo previsible. Lo esperable. El calvario necesario para llegar adonde estaba. En Marte.

La plataforma había atracado. Le sorprendió sentirse tan despierta. Con la mente despejada. Limpia. Al igual que en su primer paseo. Cuando el mundo era azul y pequeño y podía abarcarse con la mano.

La plataforma reposaba sobre la tierra roja dejándoles a merced de sus cerebros. Durante ese segundo previo a que las neuronas inicien cualquier acción. Antes de que nadie se decida a hacerlo.

Diane inspiró con calma y se dijo que estaban a punto de conquistar otro mundo. Que esta vez se debía hacer bien y que era su responsabilidad lograrlo. Empezaría todo de cero. Logan ni siquiera lo imaginaba. Sucedería antes de que pudiera evitarlo.

Aquel campo rojo sin puertas la había estado esperando.

Diane adelantó su pie y la humanidad dio el primer paso.

DIANE

Se acabó, madre, se acabó

Un poema de Antonio García Teijeiro
ilustrado por Xosé Cobas

© Anxo Cabada

Antonio García Teijeiro (Vigo, 1952). Aunque tiene obra en prosa, se propuso como objetivo expresarse mediante la poesía, especialmente para niños y jóvenes. Ha escrito un buen número de poemarios, principalmente en gallego, pero también en castellano. Ha recibido el Premio Europeo Pier Paolo Vergerio, el Merlín, el Luna de aire y en 2017 el Premio Nacional de Literatura Infantil y Juvenil.

Antonio-García-Teijeiro

Xosé Cobas (Negreira, A Coruña, 1953). Procede del mundo de la pintura y del diseño gráfico. Ha ilustrado para prensa diaria en las décadas 80-90. En 1988 ilustra su primer libro de LIJ. Ha publicado, desde entonces, más de 200 libros entre infantil, juvenil y adultos. Tiene numerosos premios y exposiciones por España, Europa y América. Vive en Cambre (A Coruña).

© Ángeles Roca

xosecobas.es

Se acabó, madre, se acabó

I

Llueve fuerte en la casa.
Una lluvia negra
de nubes que se desangran.
La madre sabe bien
que esa lluvia pertinaz
cumple el ritual del dolor y la duda.
Le duelen las manos
encallecidas por las labores más asfixiantes.
Le duelen los momentos
cubiertos de mugre
y silencios espesos.
Le duelen las miradas torvas y traidoras
que dejaron su cuerpo hecho trizas poco a poco.
Y le duelen los ojos de la hija
que grita y sacude sus miserias
dispuesta a romper con todo.
No sabe qué hacer con su alma
y se apoya en lamentos
que nunca dejaron de serlo.

Pero… los ojos,
y los gritos de rabia
y las amenazas de la hija remueven
su muda resistencia.
Esos ojos abiertos de luz y fuego
le están diciendo
que nada va a ser igual.
Que hay que decir ¡basta!
Y la mujer intenta esbozar una sonrisa
que no aflora
a sus labios.
Quiere darle la razón
pero teme salir del cauce de ese río
que siempre la llevó al mar.
Un río negro,
revuelto,
de ceniza,
traidor.

Un río de mirada torva de hombre.
De ese hombre que está sentado en la sala
arrojando humo sobre ella.
De ese hombre que llena de flores secas
las estancias que ella fregaba
ignorando los límites impuestos.
De ese hombre que nunca se emociona con las estrellas.

II

Y la hija irrumpe frenética
y le dice ¡basta!
Y grita ¡basta!
Y llora ¡basta!
Se acabó, madre, se acabó.
Tiembla la buena mujer.
Temblores entre el miedo
y demasiadas esperanzas rotas.
La hija corre las cortinas
que llevan años oscureciendo esa luz
que el sol regala cada día.
Y rompe paredes
que oprimen libertades.
Se acabó, madre, se acabó.
Yo no voy a inclinar el cuello
porque estoy cansada
de esos hombres que esconden duras verdades
y sonriendo sumen a la mujer en simas oscuras.
Porque estoy cansada
de ver espacios nublados semana tras semana.
Y no aguanto más.
Voy a coger tu mano
con el cariño que te mereces
y vamos a brillar juntas cada amanecer
buscando horizontes abiertos.
Se acabó, madre, se acabó.
Quiero extender sobre tu mesa
los pliegues de mil sonrisas
y dejar las marcas crudas de tu piel en el olvido.
Y decir al hombre que fuma

que se apagaron los focos del escenario,
que destruya la soledad que su egoísmo ha ido tejiendo
durante tanto tiempo
o que vaya a jugar a otra parte la partida de la injusticia
¡muy lejos de aquí!
Se acabó, madre, se acabó.
En el jardín vuelve a haber camelias blancas y rosas
amarillas.
Déjame recoger los escombros de una vida ya podrida,
sentir una nueva que renace
y me haré dueña de la inmensidad
que aparece delante de mis ojos.
De tus ojos que no van a llorar más.
Que van a atravesar
túneles de esperanza y de sosiego.
Se acabó, madre, se acabó.
La bruma de tus temores
de tus miedos
de tus ahogos
se está disipando
y pronto va a relucir
aquella claridad olvidada
que soñamos algún día en nuestra casa.

Este libro se terminó de imprimir el 15 de
enero de 2019, cien años después del
asesinato de Rosa Luxemburgo,
filósofa y activista de origen
polaco que luchó por
la emancipación
política de la
mujer.